몇 세기가 지나도
싱싱했다

몇 세기가 지나도
싱싱했다

오늘의 시인 13인
앤솔러지 시집

공광규
권민경
김상혁
김 안
김이듬
김 철
서춘희
유종인
이병철
전영관
정민식
한연희
조성국

교유서가

차례

공광규

시 「마고를 찾아서」 외 4편

1986년 〈동서문학〉으로 등단했다. 시집 『대학일기』『소주병』『서사시 동해』 등이 있으며, 산문집 『맑은 슬픔』이 있다. 윤동주문학대상, 현대불교문학상, 고양행주문학상, 신석정문학상, 녹색문학상 등을 수상했다.

마고를 찾아서

2021년 12월 18일 토요일 아침
울산 대왕암 가는 길
우연히 암각한 한시 오언절구를 읽었다

"홀연히 바닷가 여인을 만났는데
합장을 하고 마고할미 부르네
오랜 세월 고래 등 같은 파도 외에
푸른 바위에서 무엇을 보았던가"

태복제거 풍고 김공이 이것을 듣고
해녀를 위해 글을 지어
이렇게 답했다고 한다

"삼가 원님께 올립니다
원님이 한가하신지 장난이 지나치십니다
첩의 몸이 마고가 아니라면

어찌 이 바위에서 볼 수 있겠습니까"

마고?
마고?
마고?

마고라니?
신라 관리 박제상이 지었다는
「부도지」에서 읽었던 마고가 아닌가

그리고 조선 유학자들의 시편에 나타난
『신선전』속의
마고선녀

조선의 홍익한이
연행 길에 지나서 그림을 보았다는
1624년『조선항해록』속의 마고선녀 기록

"아득한 옛날 선마고詵麻姑가 걸어서
서해를 건너와서 한라산에서 놀았다는 전설을 담은

장한철의 1771년 『표해록』 기록

그리고 오늘 만난
울산 바닷가 바위에 암각한 시편 속의
마고

이곳 울산은 박제상과
그의 부인에 관한 망부석 설화가 전하는
치술령을 경주와 경계로 하는 곳이 아닌가

혹시나 해서 울산과 경주
두 군데밖에 없는 고서점에 들러
박제상의 자취를 찾아보았다

박제상의 자취라기보다는
「부도지」 외에
전해오지 않는 그의 나머지 책들이었다

책 이름은 남아 있으나 전하지 않는
『삼대목』과 『향가집』을 찾아 고서점을 헤매던

대학 시절 기억이 났다

당사항

고서점에서 한서 뭉치들을 풀어
넘겨보다 포기하고 찾아간
당사항이 내려다보이는 바닷가 언덕 카페

통유리 창밖을 둘러싼 대밭과
파도가 와서 부서지는 방파제로 둘러싼 항만
수면에 수없이 주름을 만드는 바람

언덕의 대밭은 잎을 뒤집어 햇살에 반짝이고
갈매기들이 수면에 둥실둥실 떠 있거나
바람을 타며 공중을 휘돈다

진저리치듯 잎을 뒤집는 대밭과
바람을 타며 유영하는 갈매기를 바라보며
한참 멍을 때렸다

헛된 일일지 모른다는 생각을 하다
카페 서가에서
울산시에서 발간한 여행 책자를 넘겼다

대왕암 암각에서 읽은 한시를 소개하고 있다
1828년에서 1830년 사이 울산 감목관을 지낸
원유영元有永이 지었다는 설명

"홀연히 바닷가 여인을 만났는데
합장을 하고 마고할미 부르네
몰아치는 고래 등 같은 파도 건너편으로 가서는
푸른 바위에 다시는 나타나지 않네"

풍고 김공의 시는 소개가 없고
절구의 전반부 기승 부분은 같으나
후반부 전결에 두 줄은 다르게 해석하고 있다

무명암

카페에서 나와
가까운 통도사에 딸린 암자에 가서
지승에게 차 한잔 청하기로 했다

영축산 남쪽 기슭 통도사
주차장에서 골짜기와 능선을 걸어서 한 시간
지승이 합장하며 반겼다

대학 국문학과 동기였으나
내가 불교재단의 월간 잡지 기자로 일하던 당시
후암동 삐걱거리던 자취방에 찾아왔던 그

뜻밖에 그는 승복을 입고 있었다
밤새 이야기를 하다
자고 간 게 삼십 년이 넘었다

내가 바위에 암각 된 마고 얘기를 하자
법당에 달아낸 서가로 나를 데려갔다
한서들이 가득했다

서울 포교당에 올라와 있을 때
고서점을 돌며 모은
한서들이라고 했다

오래전 지승의 전화를 받고
통도사 서울포교당을 찾아갔을 때
보이차를 내리며 했던 말이 언뜻 떠올랐다

옛 만주와 연해주를 떠돌고
시베리아 철도를 타고
파미르와 천산을 다녀왔다고 했던 기억이 있다

지승은 서가 귀퉁이에서
표지가 낡아 부스러진
한서 한 권을 조심스럽게 집어들었다

"읽어보시게."

퀴퀴한 책갈피에서 좀벌레가 기어나오다

쏜살같이 책 속으로 들어갔다

부도지

표지가 떨어져 나가
제목이 안 보였는데
좀 읽어가다 보니 역시 「부도지」였다

박제상이 서기 414년
삽량주간이 되어 가서
419년 그가 일본 목도에서 죽기 전에 지은 책이다

보문전 태학사로 재직할 때
열람했던 자료와
가문에서 비전하는 책 내용을 정리한 것

지승은 「부도지」가
한국에서 기록 연대가 가장 오래된
역사서라고 강조했다

박제상이 「부도지」 편을 비롯
15개 편을 묶은 『징심록』을 지었는데
아들 백결이 「금척지」 편을 더 지어 보탰다는 것

김시습이 「징심록 추기」를 썼으니
조선 초기까지만 해도
『징심록』을 볼 수 있었다는 것

더듬더듬 읽고 있는 「부도지」가
이곳 양산의 옛 땅
신라 삽량주에서 쓰여진 게 아닌가?

결국은 1,600년간
책은 양산을 떠나지 않고
지금 암자의 서고에 잠자고 있었던 것이다

책의 운명

책에도 운명이 있다
『징심록』 가운데 「부도지」 편만 볼 수 있는 것도
운명일 것이다

1,600년 전 이곳 양산에서 쓴 책은
당시 영해인
영덕 영해박씨 문중에 있었고

세조의 왕위 찬탈에 반기를 든
영해박씨 문중이 수난을 겪자
김시습에 의해 금화군 초막동으로 잠적했다

다시 영해박씨 문중에 대한
세조의 체포령이 내려지자
김시습이 금강산 포신 계손공 집으로 옮기고

계손공의 아들 훈이
함경도 문천 운림산 속에 숨어들어
몇백 년간 삼신궤 밑바닥에 감췄다가

어찌어찌하여
다시 양산의 절에 딸린
암자에 와 있는 것이다

한서를 들고
지승의 옆방에 와서
손을 떨어가며 책장을 넘겼다

"우리 민족은 대륙에서 출발했다
1만 년 전
파미르고원이었다

파미르에는 마고성이 있었고
마고가 살았다
마고는 짝 없이 하늘과 감응하여 두 딸을 낳았다"

아!

나는 넘기던 책장을 멈추고

곰곰 유라시아 여행을 결심했다

권민경

시 「낙서 금지」 외 3편

2011년 〈동아일보〉 신춘문예로 등단했다. 시집 『베개는 얼마나 많은 꿈을 견뎌냈나요』 『꿈을 꾸지 않기로 했고 그렇게 되었다』 등이 있다. 제2회 내일의 한국작가상, 제3회 고산문학대상 신인상을 수상했다.

낙서 금지

손금이 불길하다는 점괘에 왕은 스스로 새 운명선을 냈다
경들은 들으라 내 손에서부터 새 길이 솟아난다
고개 숙인 사람들이 총총 사라진다

날카로운 칼날에서 솟아난다 주르륵 흐르는 믿음
취소선을 긋고 삶이 변하고 적합한 것은 얼마나 있는가
자신을 지나치게 믿고 곧잘 아파진다
나빠지고
고집처럼 단호한

낙서 금지
그런 단호함에 삶이 담겨 있어?
습관적으로 늘어나는 별, 연애와 대리 애인, 나체와 성기,
수신자 없는 전화번호, 귀신 헬리콥터
쓸데없는 것들을 꽉 쥐고서

나는 오늘 메모를 지우다 내 미래를 지울 뻔했다
네가 갈겨놓은 그림 속에서 네 무의식을 읽을 수 있구나
불안과 트라우마가 가득하구나
스트레스를 줄이라니 가혹하지
이따위 쉬운 말

빛과 그림자처럼 손아귀에서 흘러내린다
꽉 쥐면 땀이 솟는
그런 단호함

경들은 들으라 길을 새로 낼 수 있는 자는 나뿐이니 함부로
길을 내지 말지어다.

엄마의 혼수는 붉은 장롱이었다

나무에 눈이 있다고 믿던 시절. 옹이를 오래 바라보다 무서워져 이불 속으로 숨곤 했는데,

나 이렇게 될지 몰랐지. 뭐든 손에 잡을 수 있을 줄 알았는데 이럴 줄은 몰랐지.

누군가 가슴을 두드리는 소리.

여자들은 왜 가슴을 칠까. 그 소리엔 왜 추가 달려 있을까.
듣는 사람을 자꾸 밑으로 끌어당기는데,
슬픔을 껴안은 사람들 가라앉는다.
바다, 바다, 다신 돌아오지 못할 숲으로.

멀리서 내려다보는 눈을 마주본다.

오 이런…… 모든 약속은 깨지라고 있는 것.

높은 곳에서 떨어진다. 산산이 부서진 마음들.

눈을 감으면 기도가 열리고 그 안에 들어가면 어둡다.

색동의 촌스러운 이불이 가득한 밀실.

자꾸 쳐다보는 눈. 옹이에 홀린 아이는 나무가 되기 위해 자랄 수밖에.

엄마들은 유영한다. 숲에서 길을 잃은 참이므로.

뻐꾸기시계

집집마다 할머니를 모시고 산다는데 안 보인다
다락방에서 매일 쪼그라들고 있을 거야 할머니
내가 이런 소문을 낸 걸 알면
귀댁 자녀와 못 놀게 하겠지

필사적, 얄궂은, 새, 눈알, 제대로 찍혔나
조그만 머리통처럼 정각은 반드시 온다
그러니 뻐꾸기시계가 그 모양이지 나왔다 들어갔다 좆만이가

단칸방의 불순함
먹고 자고 싸는 데가 하나라?
원념이 저절로 증류되고?

매 정각이 보고 싶어요
나의 미래를
히끗 히끗 펼쳐 보이는데
누가 눈 돌릴 수 있나요

쪼그려 앉은 소형 노파
문을 열고 얼굴을 내밀다
사라진다
할머니들 조그마해서 표정
모르겠다

붓펜을 들고 내 눈알에 다가오는
시간님
하지 마세요 나는 히끅 히끅
자꾸 놀랍고 매워서
나란 단칸방
안에서 터져나오는

저주처럼
시간을 좍좍 싸
소문을 지어낼 참이다
오래 쪼그려 앉아

이상한 DNA를 가보로

내 다음 할머니에서 다음 할머니에게로 이어지는 통로

소리 울리고 낱말이 가득

부스러진 대화가 출근길 지하철처럼

찡기다

방귀처럼 새어나오니까

어딘가 좋지 않은 냄새를 풍기고 있을 거야

귀댁 자녀와 놀고 싶은데

노크 없이 열리는

히끅,

어울림누리 수영장

레인을 왔다 갔다 하는 초급반
나 혼자 뒤처진다 한 바퀴 따라 잡힌다

둥둥 떠다니고 싶었는데
가라앉는 사람들이 다시 떠오르는 동안
온몸에 힘을 빼고 살아 있고 싶었는데

땀을 흘날리며 트랙을 도는 육상부원
수영하는 사람도 숨을 있는 힘껏 들이마시고 멈추면 물도
많이 마신다

물 먹는 걸 두려워하지 말아야 수영을 배울 수 있는데 두려
운 건 그뿐만이 아니라서

삶은 왜 그럴까
늘 푸르딩딩한 얼굴로 쪼글쪼글 불어 있을까

내가 흘린 땀과 남이 흘린 땀이 물속으로 사라지는 건 보이지 않지만 그 또한 물방울 속에 섞였을 것

　작은 것 하나하나에 슬픔을 느끼는 병이 있다

　두려움 없는 사람들 셔틀버스에 올라타고

　꽃우물로

　물이 무서운

　나 혼자 뒤처지고

김상혁

시 「얼굴이 온다」 외 4편

2009년 〈세계의문학〉으로 등단했다. 시집 『이 집에서 슬픔은 안 된다』 『다만 이야기가 남았네』 『슬픔 비슷한 것은 눈물이 되지 않는 시간』 등이 있으며, 산문집 『만화는 사랑하고 만화는 정의롭고』 등이 있다. 제4회 스마트소설 박인성문학상을 수상했다.

얼굴이 온다

　당신의 얼굴이, 탁자 위에 펼쳐진 책장 속으로 가라앉고 가라앉다가 코를 골기 전까지, 아니면 당신의 책을 함께 곁눈질하던 내 얼굴이, 아래로 더 아래로 떨어지다가 깜박 잠이 들기 전까지, 무심하게 두 얼굴은 조금씩 가까워지는데. 어디서 들은바 한눈팔지 못하는 시간이란 하나같이 지루한 법이래, 그렇지만 지루함을 견딜 수 있는 건 사람이 아니라 짐승뿐이래, 우리의 그런 생각만큼 밤은 아직 어둡지 않은데, 흐릿하고 흐릿해지다가 당신의 얼굴이 멀어진다면 그건 다 시간 때문이다, 마음의 탓은 아니고. 그러므로 다시 한번. 시간의 무거운 바닥이 턱을 길게 당기고 당기다가 어느 순간 힘에 부쳐 손놓기 전까지, 아니면 길고 길어진 표정이 얼굴을 벗어나기 전까지, 무심한 얼굴은 서서히 검은 구멍이 되어가는데. 사람에게 기회란 적어도 세 번은 있는 법이야, 속삭이던 당신이 나를 깨우지 않는다면 그건 다 남아도는 시간 때문이다. 얼마나 아름답든 얼굴이란 오래 쳐다보기 어려운 법이야, 어디서 읽은 바 마음의 탓은 아니고.

동생 동물

말을 막 시작한 다섯 살 동생에게 가르친 것
너의 방은 네 것이야
네가 잠근 문은 네 허락 없이 열리지 않는단다
그렇지만 문 닫을 때 손가락 조심하고
방을 나오면 언제나 사랑받을 거라는 사실

알아두렴, 세월은 너무나도 빨라
하얀 커튼 뒤에 숨어 엄마 얼굴 쳐다보고 있을 때
네가 까먹는 건 너의 시간만이 아니야

하지만 동생은 돌아오지 않을 것이다
알다시피 어린애는 짐승과 다름없다

첫 소설

너라도 살았으니 다행 아니니?
이십 년 전에 쓴 소설이 이렇게 시작하더라고요.

착한 사람을 왜 그리 나쁘게 썼는지 몰라요.
할머니도 그때는 정정했는데…… 소설에서 죽었고
할아버지 정신도 멀쩡했는데…… 미친 채 병원에 갇혔으며
사실 어머니가 그렇게 나쁜 사람은 아닌데…… 내가 그를
세상 비열하게 그렸더라고요. 사랑이 없었는지 아니면 시간이
촉박했는지도.

고작 스무 살이 바쁘면 얼마나 바빴느냐 따지신다면 난 입
을 다물 수밖에.
반면 늙어가는 당신은 시간이 남아도나요?
적어도 이 이야기를 들을 만큼은 사랑이 남아 있나요?

좋겠어요, 정말…… 집도 시간도 있으니.

건강한 자식에게 보살핌 받는 삶이야말로 모두의 꿈이니까요.

그렇다면 당신은 집도 시간도 있는데, 다 큰 자식까지 있군요?

생활비 아들딸이 내주고 오전 등산을 나서는 당신만큼은
아니지만……

이십 년 전에 쓴 소설에 착한 사람도 있답니다.

행복과 거리가 먼 사람을 왜 그리 썼는지 몰라요.

내 친구 건희는 부모랑 한집 사는 탓에 지금껏 결혼도 못했
는데……

내 사촌동생 요한이는 말도 더듬고

게다가 나는, 나는…… 마흔이 훌쩍 넘었는데

면접 순서를 기다리며 공상에 빠져 있는 중이죠.

나는 긴장을 풀어야 해요.

소설 속 건희는 애가 셋이고, 요한이는 달변에, 나는 젊고
전도유망한 소설가랍니다.

우리가 그렇게 행복한 사람이 아닌데…… 그때 관심이 없
었는지 아니면 시간이 촉박했는지, 이십 년이나 지났으니 알
수 없는 일이죠.

너라도 살아 있으니 다행 아니니? 하여튼
제가 처음 쓴 소설은 이렇게 끝이 난답니다.

두 사람

많지는 않습니다만 두 사람 모였습니다 당신을 위해
손을 합하면 넷이고 손가락 모으면 스무 개나 되는
우리 두 사람, 이쪽은 광명에서 저쪽은 광주에서
기차 타고 이곳 천안까지 왔습니다 한여름 강의실
학생 둘인데 하나 빠지면 분위기 큰일이다 싶은
수업을 위해 우리 두 사람은 서로를 북돋았습니다
혹시 어제 술 마셨니? 어디 아픈 데는 없고?
차비 모자라면 말해 내가 넉넉히는 못 주고……
걱정했습니다 문득 민망해진 선생님 말씀을 멈추고
친절한 미소를 지으시면 어쩌나, 더위에 지쳐
우리 두 사람 중에 하나 졸기 시작하는데
멀리서 찾아온 게 미안하니 선생님 화도 못 내고
고맙다, 힘들지 멋쩍게 웃기만 하시면 어쩌나
염려했습니다 어제는 부러 일찍 잠들었고 오늘
여기 왔습니다 많지는 않습니다만 당신을 위해
머리칼을 더하면 훌쩍 십만 개도 넘는 우리 두 사람

합친 마음만큼 지불할 돈이 있다면 얼마나 좋아?
생각합니다 무더운 강의실에 앉아 땀 흘리며
더할 나위 없이 소중한 시간 노트 위에 흘려 씁니다
선생님이 강의를 그만두는 날까지 우리 두 사람,
둘 중에 하나 빠지면 분위기 큰일이다 싶어서요

유리 인간

바람은 창에서 멈춥니다 새는 부딪혀 떨어지고요
통유리 안에 사는 당신이 한밤중 환한 전등을 켜자
놀라울 만큼 멀리까지 당신은 보이고 말았습니다
귀엽고 통통한 두 볼이 전등만큼이나 눈부시므로
기어코 바쁜 행인들의 시선을 사로잡고야 맙니다
손바닥 호호 불면서 추위에 떠는 중 유리 너머로
말랑하고 따뜻한 당신 얼굴이 고백하듯 떠올라
모두의 차디찬 마음이 짧게 사랑을 느끼는 중인데
새가 얼어 죽습니다 고양이는 어쩔 줄 모르죠
그래서 도대체 하려는 말이 뭐야? 당장 창을 열어
새, 고양이, 행인과 함께 겨울을 걸으라는 거야?
아니오, 이토록 아름다운 당신조차 창밖에서라면
다른 창으로 달려가 구걸을 시작할 것이에요
아니면 놀라울 만큼 멀리까지 보이는 또다른
귀엽고 통통한 볼을 보려고 우리처럼,
이 밤처럼 추운 길을 정처 없이 헤매야 한답니다

말이 나왔으니 창밖의 인간이란 겨울의 바닥이며
눈밭을 더럽히는 냄새나는 구멍일 뿐이죠, 당신은
새와 고양이와 행인의 길을 한없이 이어가는
빛이랍니다 그런 당신에게 우리 모두 반했으며
또한 그런 빛과 어쩔 수 없이 싸우는 중이랍니다

김안

시「백수광부」외 4편

2004년 〈현대시〉로 등단했다. 시집 『오빠생각』『미제레레』
『아무는 밤』이 있으며, 제5회 김구용시문학상, 제19회 현대
시작품상을 수상했다.

백수광부

여보, 이 편지는 매우 길 것이오
기억하다시피, 맨 처음 우리는 강물이었소
함께 흐르며 부드럽게 굴욕당하고
유연하게 증오하는 법을 배우며 여기는 우리가 지은 집
허나 욕망은 결코 닳지 않고
여보, 서로를 닮게 만들지
세속은 우리를 닮게 하고 인내를 닮게 하고
치렁치렁 늘어난 마음의 성난 꼬리를 밟으며
우리의 딸은 이 집을 과자처럼 먹으며 자라나고
시간은 이 어린 기쁨의 사제도, 우리도
서로를 성실히 미워하게 만들겠지만
오, 이 우람한 침묵이 기어이 사랑이라면
왜 그러지 않겠소 사랑이므로
나는 나의 꿈과 잡문들을 멈출 테지만
모두 잠든 밤, 창밖으로는 붉은 우박이 쏟아지고
나무와 새들은 도망가고 나는

밤새 귀신의 말을 목격했지

허나 나는 울지 않고 소리 내지 않고

공포와 비탄과 탄식의 음을 들으며

내 옆구리에 철필을 꾹꾹 눌러 받아 적고 있소

여보, 나는 당신을 생각하며 조금 더 길어진다오

나는 조금 더 출렁이며 살아진다오

하지만 나는 알 수 없소

그들의 말 중 어느 것은 먼먼 조상의 것이라서

기억을 더듬어 말의 사슬을 엮다보면

햇빛이 내 구멍 난 옆구리를 채우게 된 지 오래

이제 이 집에서 내 방을 지워주시오

나는 당신이 내 방으로 들어오게 될까 두렵소

얼굴 없는 기억의 물살에 휩쓸리게 될까 두렵소

여보, 나는 당신의 침묵이 사랑이라 믿고 있소

오, 사랑이라면 가능하다면 나를 멈추게 해주시오

나를 차라리 선뿐인 세속으로 불러내주시오

오늘 밤도 옆구리에서 멸망한 나라의 음악이 들리오

손을 뻗어 창자를 꺼내 하얗게 씻고 있소

밤과 물 사이에서 소리와 어둠 사이에서

잊지 말아야 할 일을 떠올리며

喫茶去

이른 겨울이므로 사람들의 주머니에 햇빛 몇 잎 부족하다. 투명하게 얼어붙은 숲 자락과 마을. 하늘에서 새 한 마리 떨어지는 소리. 겨울에는 겨울의 소리가 있고 겨울의 언어가 있으므로, 나는 돌아보지 않는다. 거기 언 채로 혼자 서 있는 것들. 차갑고 투명한 저주에 걸려 돌아오지 못하는 것들로 치자. 이것은 사랑이므로 돌아보지 않는다. 이미 돌아보고 죽은 것들 사이로 끝없이 연기되었던 고백, 온종일 우리고 있던 쓴 차茶, 함께 나눈 둥근 모음들, 구겨진 신발 뒤축과, 그 안에 가득하던 바람, 우리를 온종일 떠돌게 만들었던. 나는 이제 제때 차를 우려낼 줄 알고, 가느다란 햇빛 아래 가지런히 찻잔을 놓을 줄도 안다. 그리고 나는 창을 열고 서 있다. 몸과 마음에서 회색 연기를 뿜으며, 낯선 저녁 앞에 선 노인처럼.

엘레지

이번 겨울은 조금 따뜻하게 보내고 있습니다.

아이는 불룩해진 벽의 배를 꺼뜨리며 놀고 있습니다.

그래도 더이상 벽에서 검은 물 흐르지 않아서,

마음의 부력은 덜합니다만, 간혹

사람의 장례처럼 긴긴 개미 행렬이 내 손등 위로 기어갈 때나,

창문 앞에서 얼어 죽은 고양이,

부엌 구석에 핀 이상한 꽃에 놀라기도 합니다.

이번 겨울에는 하늘 끝에서 기러기 그림자 지워지지 않아

사람들 모여앉아 수군거리기도 하고, 누군가는

서둘러 이 마을을 떠났습니다.

한 차례 폭설.

모두가 눈사람을 만들 적에,

아이는 구석에 쭈그려 앉아 지두화指頭畵를 그렸습니다.

이제 거기에도 당신의 이목구비,

없습니다. 새벽녘 몰래 일어나

바깥으로 나와 아이의 그림 위에 잿빛 눈을 흩뿌립니다.

하늘에는 여전히 기러기 그림자 박혀 있습니다.

그림자로만 남아 있는 마음.

몸도 없이 겨울의 영토를 거슬러 날아가는 억센 날개.

나는 달리지 못하는 말의 신세지만, 여전히

새벽의 순한 빛의 조각들 모아

모음 같은 음악을 만들 수 있습니다.

아직도 그 첫 음을 기다리고 있다면,

검은 물 품고 있는 구름을 지나, 저 박명 거슬러

당신이 누워 있는 그늘진 오솔길로 내쳐 달려갈 수 있습니다,

이미 죽은 방 함마로 잘게 부숴

온종일 머리 위 창밖을 보며

눈을 기다리는 아이의 창에 뿌려주고선.

그러나 창에는 당신의 얼굴,

여전히 없는.

大雪

구름이 찢겨진 천처럼 움직인다.
눈이나 비가 올 것이다.
추운 저녁이 될 조짐이다.

구름은 메아리라서,
눈을 감고 손끝으로 매만져봐야 미래를 알 수 있는 법이라고,
신발이 다했다는 옆방 선녀님이
옆에 웅크려 앉아 추위에 빨개진 내 볼을 쓰다듬으며 가르
쳐주었다.
나는 선녀님이 내뿜는 담배 연기가
눈바람에 흩어지는 것을 보며 다리를 흔들었다.

밤늦게 돌아온 엄마는 가끔 옆방을 찾아가 소리를 지르곤
했다.

다음 날도 여전히 눈 쏟아지고

쉬지 않고 바람 불고

나는 참나무 둥지에서 아기 새를 떨어뜨리는 어미 새를 보
고 있었다

그것은 몸에 공기를 가득 채우는 것이라고

허공을 채워 날기 위한 것이라고

그리고

고양이를 조심해야 한다고

이 마을에서 처음 본 아이가 말해주었다.

나처럼 볼이 불그스름한 아이였다.

온통 하얘진 나무들이 걷고 있었다.

그 아기 새는 날게 되었을까,

기억이 나지 않지만

나는 어느 시기일까, 삶이 부끄러울 때마다

대책 없이 야위어

숨어 있을 그늘 끌어당길 때마다

낡은 수레 굴러가는 소리를 내며 구름을 찢고

공중에서

눈바람이 내려오곤 했다.

종언기

불가능해진다. 창을 닦으며 생각한다. 지난번 진료 때보다 선생은 더 야위어 있었다. 햇빛을 자주 쬐는 것이 좋다던 그의 등 뒤로 암막커튼이 살짝 벌어져 있다. 날카로운 빛이 선생의 정수리를 가르고 있다. 여기 검게 보이는 부분 보이시죠. 불가능해 보인다. 말랑한 검은 반죽들 사이로 빛─. 어제 병원에 가던 길에 우연히 만난 동창은 자본주의의 돼지가 되어 있었다, 벌어진 단추, 그렇게 하얀 배는 본 적이 없었어. 누가 나를 이곳에 데려다놓았나. 나는 창을 닦는다. 닦을수록 어두워지는 빛. 아무것도 보이지 않을 때까지 나는 창 앞에 있다. 아주 깨끗해 보이시죠. 텅 비어 있는 것처럼 말이죠. 우주보다 아주 조금 모자란 저것을 선생은 가리키며 말한다. 육안일 뿐입니다. 조심하세요. 선생의 어깨 위에 올라타 있는 귀신이 나를 내려다본다. 텅 빈 두 눈 사이를 가르는 빛의 파장. 큰곰자리처럼 보이네요. 나는 누워 창밖을 본다. 하얗게 성에 끼는 소리. 지난겨울 백운호白雲湖에서 들고 온 돌멩이가 덜그럭거리는 소리. 누군가 오는 건가. 몸을 일으켜 창을 닦으며 생각한다.

불가능하다. 살과 뼈 사이가 벌어지는 소리. 그 틈, 그 우주적 질감. 늙은 새 한 마리가 밤하늘에서 가파르게 떨어진다. 떨림과 빛-. 사람의 소리를 지른다. 창을 열고 호흡한다. 날개를 편다.

김이듬

시 「송년」 외 3편

2001년 〈포에지〉로 등단했다. 시집 『별 모양의 얼룩』 『히스
테리아』 『표류하는 흑발』 등과 장편소설 『블러드 시스터즈』,
산문집 『모든 국적의 친구』 『디어 슬로베니아』 등이 있다.
시와세계작품상, 김달진창원문학상, 올해의좋은시상, 22세
기문학상, 김춘수시문학상, 전미번역상, 루시엔 스트릭 번
역상, 양성평등문화인상 등을 수상했다.

송년

조화는 최대한 자연스럽게 만든다

생화 같은 장미 한 송이를 납골당 유리벽에 붙인다
여기에 덧붙여 카드도 붙인다
나는 책받침만한 유리벽을 도배하는 사람 같다

아버지는 올봄에 돌아가셨고
아버지가 여기 계시지 않다는 것을 나는 알지만

연말이 다가오는데 아버지가 소나무 있는 곳까지 걸어가셨다
삽을 들고 언 땅을 파헤쳐 깊이 내려가셨다

꿈은 잠에서 깨면 잊히는 게 정상이라던데
간밤의 꿈들이 생생한 까닭은 말을 못 들어드렸기 때문일까

마주보는 자리는 비싸다

손이 잘 닿는 칸들은 분양료가 높다

나는 아버지를 납골당 맨 아래 칸에 모셨다

빌라에 사실 땐 맨 위층이라 5층까지 걸어 오르내리시게
했는데

새어머니는 편찮으시다

꼬박 4년 간병해오던 남편이 죽자마자 만신이 아프다고 하
신다

사후에도 사랑은 증명할 수 없을 것이다

저녁눈이 내린다

눈부신 하강이다

너무 아름다워서 인공눈 같다

이 세상에 없는 것

약 넣으러 왔어요

길모퉁이 시계 가게 주인은 저녁 식사 중이다 먹고 있던
배달 도시락 뚜껑을 덮고 일어난다 낡은 작업대로 가서 보
조확대경을 왼쪽 눈에 붙이고 시계 뚜껑을 연다

시계가 멈춘 지 오래되었죠? 시계 배터리에 녹이 슬었네
요 이 배터리는 이제 안 나옵니다 이십 년 전에도 구하기 어
려웠어요 특이하게 플러스극과 마이너스극이 반대로 장착
된 배터리라 시계판 전체를 바꿔야 하는데 그러느니 새로
사는 게 낫죠

어떻게든 약을 구할 수 없을까요?
이제 어디서도 구할 수 없을 겁니다

남대문 시장에서도 오래된 시계를 잘 고치기로 소문 난
할아버지가 포기하라고 말한다

나는 여러 시계 수리점을 거쳐서 여기 왔다

고모한테 물려받은 오메가 시계인데
바람 부는 골목에 서서 네이버 사전을 찾아보니
오메가란 그리스말로 끝, 종말이란 뜻이라고 나온다

마지막으로 넓고 환한 귀금속 가게에 들어왔다
나보다 먼저 온 이가 목걸이를 팔고 현금을 받아 나갔다

그 순금목걸이가 그렇게 싸요?
저 아가씨가 어젯밤에 와서 이게 맘에 든다며 같이 온 남
자 분한테 선물 받은 건데요, 오늘 도로 갖고 와서 현금으로
달라고 했어요. 살 때 가격보다 훨씬 낮은 가격에 되판 거죠.

여기서도 내 시계 알은 구할 수 없다고 한다 오십 년 넘은
시계니까 골동품으로 간직하라고 했다

나는 다리가 아파서 좀 쉬었다가 가도 되겠냐고 물었다
빨간 플라스틱 의자에 앉아 천장 가까이 매달린 주인과
함께 작은 텔레비전을 보았다

금을 팔고 간 아가씨는 남자를 바꿔가며 자주 오는데 항상 순금제품을 고른 후, 다음 날에 혼자 되팔러 온다고 했다 내가 묻지도 않았는데

"이 골목에는 출생신고 하지 않은 아이들이 많습니다. 아파도 병원에 갈 수 없고 나이가 차도 학교에 가지 않습니다. 유령처럼……"

다큐멘터리에 나오는 골목은 여기와 닮았다 세상에 없는 사람들이 몸을 거래하는
나는 약이라고 부르고 시계방 주인들은 알 혹은 배터리라고 부르는 이 작고 납작한 것을 매만진다 다 닳은 세계를 손바닥에 놓고 본다

다 소모된 것과 사라진 것의 차이는 뭘까
이 세상에 여지없는 것들
그것을 찾아 나는 어디를 이리 떠도는 것인지

방랑자들

어느 날 나는 거울 속에서 입을 쩍 벌렸다 나의 얼굴이 나의 개와 흡사한 것을 발견했다 눈빛도 턱 근육도 개였다 팔을 아무리 뻗어봐도 내 얼굴에 닿지 않았으며 거울 속 나는 벌거벗은 개처럼 수치스러운 마음이 들지 않았다 목덜미에 칩을 심었다 끝났어! 나는 등록되었다

거울 속에는 들판이 있었다 지나가던 사람이 말했다 개가 참 순하네요 착해요 사람들이 아무렇지도 않게 나를 만지고 가는 것이었다 나는 카펫 같은 들판에서 네 개의 맨손으로 기어다녔다 휘날릴 갈기도 없었다 제모하고 중성화 수술을 해야 한다

들판은 자신이 끔찍이 생각하는 들판을 닮아갔고 나를 매일 가지고 노는 사람들은 끔찍하게 나를 닮아갔다 나를 닮은 주인은 바캉스 떠났다가 아름다운 해변에 아이들을 버렸다 갈기갈기 찢어진 마음으로 돌아온 그는 입양 보내기가 번거로

웠다고 말했다 잘 끝났습니다! 어려운 수술은 아니었다

　나는 우렁차게 짖어본 적 없다 찌푸리거나 흐느끼지 않는다 두렵다 나는 개에서 사람으로 납치된 것 같다 의사가 환자들을 겁탈하고 아빠가 딸을 강간했다는 기사가 나란히 실린 오후였다 진짜 네 팔자가 부럽구나 사람들이 나의 개를 껴안고 장난친다

한여름 저녁 한 시간 반

"이 짐 좀 맡아주세요"
내가 고개를 끄덕이기도 전에 그는 사라졌다

모르는 사람이 두고 간 가방을 내 복사뼈 옆으로 옮긴다
가방은 보기보다 무거웠다

터미널 뒤편에는 강이 있다
여기 오는 도중에 강둑길 걸으며 흙탕물을 보고 있었다
"조심해, 밖에서 보는 것보다 훨씬 깊어"
모르는 사람이 모르는 사람에게 말했다

이 오래된 성곽도시에서 나는 안다고 말할 만한 사람이 없다
탄식도 경탄도 아니다

쏟아지는 초여름 저녁을 사랑해서 어디든 갈 수 있을 것 같다
하지만 진짜 가고 싶은 곳으로 가는 직행버스가 없다

처음 보는 사람이 가방을 맡기고 갔다
내가 환승을 위해 기다리던 버스가 출발하려고 하는데

가방을 맡겨놓은 사람은 오지 않는다
몹시도 야윈 그 사람이 무례하게도 나를 짐꾼 취급하는 걸까
화를 내고 싶은데

여행 가방만한 나를 세상에 맡겨두고 찾아가지 않은 사람
이 있었던 것 같아
쓰러진 짐을 일으켜 세운다

김철

시 「링」 외 4편

2021년 〈머니투데이〉 신춘문예로 등단했다. 전태일문학상을 수상했다.

링

이 사각은 너무 부드럽고 탄력적이다
그로기 상태의 상대 같은 구석은 아늑하다
몰리는 일, 한없이 쓰러지고 싶은 곳
얼굴에 빗방울을 받고 싶은 그곳

이 구석의 평온함을 구석이라 부르지 마라
물고 있던 마우스피스,
피 터진 주먹이라 부르지 마라

닭은 몰리면서 몰릴수록 구석을 찾는다
그곳을 문이라 확신한다
구석으로 몰리면 구석에서 벗어날 수 있다고 확신한다

열 개의 손가락은 패배를 위한 단위다
주먹은 빈틈으로,
그 빈틈을 꽉 채우며 휘어져 들어온다

무수한 주먹이 들어 있는 몸
흔들거리는 다리를 삼각대로 고정하면
움츠린 조명을 타고 손가락들이 춤춘다
이때 어린 날 빨랫줄에 날아간 수건 한 장이
불현듯, 저 링을 타넘고 이곳까지 날아왔으면
저녁의 붉은 노을 한 장이
펄럭이며 날아와주었으면

체급은 원한이며
체급은 증오다

주먹의 무게는 의외로 푹신하다
이미 부푼 주먹으로 체급을 빛내기엔 휘어지기에는
너무나 말랑한 주먹
세상의 모든 주먹을 구석으로 유인한다
오롯이 때리는 일만 하는
슬픈 손

어두운 공

우리는 어두운 공으로
주고받기를 했다
어둠엔 이쪽도 저쪽도 없어서
이쪽을 던지고 이쪽을 받고
저쪽을 던지고 저쪽을 받기도 했다

규칙은 관행처럼 날아오고
회전 속엔 연좌의 빛들이 꼬리를 태우고 있었다

빛의 속도로 날아오는 소행성들엔 동그란 연못들이 위성처
럼 돌고 있다고 한다 연못엔 아주 아름다운 파문이 들어 있
고 기계들의 설비가 정교하게 돌고 있다고 한다 일정한 지붕
들엔 규제 없는 깃발들이 펄럭이고 고양이의 꼬리로 초록을
색칠하는 여름을 계절로 쓰고 있다고 한다

연못 속에는 톱니들의 구동이 아름다웠다

중력은 초록들의 속도를 용접해놓고
제식制式을 배운 나사들이 맞춰놓은 격차가
차별과 차등이 풍속처럼 돌아다녔다

최초의 공을 던질 때
주고받은 주자들이 풀어놓은 판례

　어두운 공 속엔 알람시계와 퇴근 시간과 자주 들르던 실비
집이 물렁하게 들어차고 미풍의 풍요 뒤엔 무풍의 탄식과 낙
차가 숨어 있어 이쪽과 저쪽을 눈치만 보던,

폐문閉門의 이면지는 밤하늘로
무수한 구호가 적힌 현수막을 꼬리처럼 달고
지구를 지나치고 아버지와 여동생과
나를 지나쳐
멀리멀리

노동

어느 날 이상한 수레바퀴 자국이
진흙길에서 발견되었다

주변에선 폐기된 휴식과
벨트가 끊어진 근로들이 가득했고
걷히는 중인지 덮이는 중인지 모를 그을음이
또 저녁인지 새벽인지 모르게 들어차고 있었다
일정한 간격을 두고 끊어진 자국과
연속적으로 이어진 자국을 두고
이론가와 현장 노동자들이 의견을 달리했다

수레는 어디로 갔을까
자국의 깊이로 고단함을 측정했고
너비로 생계를 분류했다
바퀴들은 대부분 자국으로 고장났다
그러니 자국을 고쳐야 한다는 이론가와

바퀴를 고쳐야 한다는 현장 노동자의 주장 중
어느 것이 더 합당한 것인가

자본가는 말했다
그 수레를 끈 존재가 짐승이냐 사람이냐를 정해야 한다고
그렇지만 사람이든 짐승이든 노동에 적합한 존재는 없다
채찍을 하면 더 고장 날 뿐이어서
굳이 고쳐야 할 것을 찾아야 한다면
사람과 짐승이 아니라 채찍을 고쳐야 할 것이다

수레바퀴를 고치는 일엔
곤욕과 갈등만 존재했으므로
더이상 동물과 사람을 적합한 존재로 만들 수 없어
수레바퀴 자국을 진흙길에 묻어두고
수레를 잃어버리기로 했다

쉬는 날

지구에서 쉬는 날은 단 하루도 없다

지구가 쉬었다는 말, 달이 쉬었다는 말, 흐르는 물이 쉬었다
는 말
단 한 번도 들어본 적 없다

바람이 지나간 자리를 본다
철근은 박히고 초록의 모자를 벗은 머리 사이로
레일을 지탱하던 벽돌도 계단 위에 주저앉고
뿌옇게 습기 차던 평면도에 몸을 묶던 자리
자전하는 지구의 척도를 따라 그 안쪽에 자리잡는 일

그런 지구에 부슬부슬 비 오는 날
빗방울 화석이 양생되는 콘크리트를 본다

먼지 속에 숨 쉬던 석회가루

철근의 반대로 흐르다 본연의 얼굴로 곤두박질치고
가건물 천막 아래 인부들이 피우는 불꽃들은
눅눅하게 공중에서 떠나버렸지만
망치는 쉬어도 망치자루는 쉬지 않는 일
균열 난 각목은 누워서 숨을 쉬는 일
비를 맞으며 썩어가는 일처럼
사람이 쉬면 연장도 쉬었다

쉬는 날
쉬지 않는 계획들이 집합을 한다
시멘트 타설이 굳는다
굳어가는 일은 쉬지 않는다

문을 보러 다녔다

문을 보러 다녔다
세상에 문은 많다
두드리지 않아도 되는 문
안과 밖이 같은 문

높은 저녁을 끌고도 들어갈 수 있는
잠시 한낮을 맡겨놓고 나와도 되는 문
나보다는 늘 좁은 문을 하루종일 보러 다녔다
혼자서 겨우 들어갈 수 있는
둘이는 더 좁은 문만 넘쳐났다
물려받은 것들 중에도 물려받을 것들 중에도
문은 없다 반복되는 숫자들 중엔
열리고 닫히는 숫자들이 있다는 소문만 들었다
문 안쪽의 가족과 문밖의 가족은
어떤 차이들이 있을까
한 칸의 방에 한 개의 전등과

입구와 출구가 같은 문은
한집의 상징이다
지구는 너무도 많은 집과 지번과 문에 지쳐간다
너무도 많은 주인들이 있다
문을 갖는 일은
그 지구 한 곳의 주인이 되는 일이다

껍질을 벗은 새는 창공으로 들어가고
배 속을 빠져나온 포유류는 집으로 돌아갔다
돌아갈 문이 있지만 열리지 않을 때
광년 밖 너머로
문 하나가 다가오고 있을 것 같다

서춘희

시 「담요 속에서」 외 3편

2016년 〈시로 여는 세상〉을 통해 등단했다. 시집 『우리는 우리가 필요해』 등이 있다.

담요 속에서

바사삭 웃음이 깨지는 동안
목마른 나는 내 인생의 일부가 되어갑니다

주인집 할머니는 구멍가게에 딸린 방에 누워 역도 선수의 표정을 봅니다 88서울올림픽이 한창이네요 나는 문에 기대 있어요 뭘 훔치려던 건 아니고요 역도 선수가 손을 털자 침침하게 날리던 흰 가루

그 속으로 쏙 사라지고 싶은 순간이 생겨납니다

주인집 둘째 오빠는 할머니 몰래 쫀득이를 가져다주곤 했어요 납작한 표정의 불량식품 그는 가끔 다정했고 가끔 징그러웠죠 스무 살도 넘었는데 언제나 겨울 담요 속에서

두 세계가 번쩍 들어올려지는 동안
엄마는 미역 공장에 갔고요, 아빠는 소금을 팔러 갔습니다

빨간 대야에서 빈틈없이 자라나는 결정들

-오빠, 안 더워요?
-은형아, 이리 와

그때 내 이름은 은형이었어요 목이 꺾인 바비인형의 이름
같죠 미끌미끌한 주황색 천으로 옷을 지어 입고 바사삭 달걀
껍질을 밟으며
이번엔 벌을 서는 자세로 담요 속에서 웃네요

고도로 집중하는 세계의 끝은
바사삭
자유롭게 유영하는
빛에 둘러싸인
그걸 뭐라고 불러야 할까?

펄펄 눈이 옵니다
바람 타고 눈이 옵니다
하늘나라 선녀님들이
송이 송이 하얀 솜을

자꾸 자꾸 뿌려줍니다*

9월의 기분이 자꾸 나를 곁눈질합니다

노력하는 선수와 같아지려는 표정이 전단지마다 있습니다
친구들의 노랫소리가 들립니다 나를 사랑했던 친구들 머리끝
까지 고무줄을 들어올리던 나의 친구들

입 벌려봐

담요의 말

아침은 누구의 입속일까? 넌 누구의 입가를 찢었니? 죽었니,
살았니! 그런 게 궁금해도 일기는 쓰지 않는다 뭔가를 쓰는 것
처럼 보이고 싶어 편지를 쓴다 깜지 숙제를 하듯이 시곗바늘
이 이곳을 반복한다 손바닥이 새까매질 때까지 더욱 느리게
여길 밟고 가도 좋다고 허락한다

누렇게 뜬 장판을 들춰 시멘트 바닥에 쓴다 둘째 오빠의
크기를 그린다 물크러지는 장미-사르르-녹아내리는 소금

---

* 동요 〈눈〉의 가사.

물이 문턱을 향해 밀려오면

죽었니, 살았니!

나는 훼손에 대해 쓴다

기도

    당신은 소멸할 것입니다 36년 동안 평화로웠던 생활을 떠올리다가 아내와 아이가 잘한 일을 생각하다가 우산 길이가 조금 짧았으면 좋겠다고 바라다가 풍경은 박제된 듯이 고요한데 당신만 갈매기처럼 울다가 파티션 너머로 오가는 서류와 시선 사이에서

    모래알처럼 서서히
    모처럼 서서히
    당신은 강탈당합니다

    복수에 대해 거울에 두 개의 상으로 비치는 한 사람에 대해 깊이 생각하게 될 것입니다 아니 실은 깊게 생각할 시간도 없습니다 이것은 우연이 아니어야 하며 스마트폰에서 주기적으로 보내주는 오늘의 추억이 아니어야 합니다 당신은 팔을 뻗어 무언가를 잡아보려 하지만 얼굴은 모두 금이 가기 시작합니다 동 트기 전 문틈으로 빠져나가는 벌레의 환영이 당신

의 의식을 괴롭힐 것입니다

　잠에서 깬 아이가 울고
　작은 발, 여러 개의 작은 몸, 곤두서는 여린 털

　나는 당신에게 열매를 줄 테니 두 손을 모으라고 할 겁니다
목소리를 빌려줄 테니 무릎을 꿇으라고 할 겁니다 어둠 속에
서 내가 연습한 폭력을 사용할 겁니다

　내가 원하는 것이 당신의 삶을 지시합니다
　하지만 나는 이 말의 힘을 다 알지 못합니다
　그건 사실입니다

　당신은 그때의 나보다 어린 나이로 돌아가고 싶다고 말합니
다 진실은 어디까지 뻗쳐지는 기운인지 알지 못합니다 다 알
지 못하는 채로 있는 것 그것만이 진실합니다 기도 속에서 긴
스툴이 넘어지고…… 셀 수 없이 많은 글자가 일어납니다
　천천히 무너지도록 아름답게 힘을 주는 연습을 합니다

구역예배

어머니는 준비한 과일을 놓고 목사님과 권사님, 장로님, 소중한 귀가 모였어요. 눈을 감고 서로의 죄와 꿈을 짚어 내려갑니다. 세상에서 가장 얇은 종이로 만든 책에는 글자가 빼곡해요. 그러니까 잘 빠져나가요. 밤마다 천장을 울리며 돌아다니는 이 집의 생쥐는 어디서 우리를 훔쳐보고 있을까요. 나는 변소에서 본 그것의 꼬리를 떠올립니다. 넌 정말 작고 더러울까. 신은 낮은 곳에 임하니까 그 근처 어딘가에 있을 거라 생각합니다. 쥐구멍 하나라도 더 파고 있을 거라고. 작고 더러운 것이 점점 커지고 더는 더럽다, 라는 말로 표현하기 어려운 상태로 천천히 우리의 머리를 짓누릅니다. 그건 종교나 가족 같은 것이고 쌓인 눈이 교묘하게 발바닥을 적셔오는 것입니다. 오늘밤도 눈이 녹고 있습니다. 나는 이 문장을 써놓고 훼손되지 않은 집의 여백을 떠올립니다. 돌보지 않은 신이 문턱 밑에 놓여 있습니다. 맨 나중의 결정을 들어올립니다. 기도는 뒤집히는 것, 중력이 사라지는 것이니까. 무릎이 귤빛으로 물들어가는 동안 *내일 일은 난 몰라요, 장래 일도 몰라요, 슬픔을 눌*

러놓은 돌을 들춰보듯이 누런 기포가 터져 나옵니다. 밤의 생성은 신의 기호에 맞춰져 있어서 그는 잘 발효된 고통을 좋아하고 우리는 오랫동안 엉덩이 밑에 깔린 형상으로 있습니다.

미움

(어제의 목소리로)

한번은 개를 보았다
우리집 개는 아니었다
꼬리는 알 수 없는 모양으로 휘어 있었다
동네 사내들은
열린 대문의 안쪽에서
과거가 되어갔다
오토바이가 멈춰 서고
흰 김이 피어올랐다
문패가 없는 집이었다
꿈을 꿀 때마다
녹아내렸다
사람들은 뜨거운 얼굴의
사람을 점점 의심했다
그런데도 잘 걸어 다녔다

무른 눈곱이 낀

눈을 비비면

누군가 문을 닫고 달리기 시작했다

갈라지는 하얀빛 속에서

번뜩이는 마음을 모아

부드러운 받침을 썼다

들, 강

죽은

개의

눈

(다른 목소리로)

노을이 지듯이 스미는

그를 볼 수 있었다

뭔가를 핥는 희미한 존재였다

침이 늘어졌고

힘을 주면 꼿꼿해졌다

꼬리들은 하릴없이 모여 있었다

짖지도 울지도 않았다

검은 얼굴도 검은 벽도

서로가 되어주는 것은 없었다

우리는 장면에 없는 사람이 되어갔다

장면에서 사라졌다는 사실까지 잊었다

남은 나의 부분은

긴 목과 열 개의 손가락

공평했다 이 모든 것이

칠월이었고

잘 될 거야, 일기장에는

오늘의 날씨가 없었다

나뒹구는 미움을 모아

탱자나무 가시가 박힌

왼손으로 썼다

돌, 공, 빈, 손, 병,

죽인

사람의

달아오른

빛

(어제와 다른 목소리로)

도려내고 싶었다 내가 누운 자리를

멀리 솟아오르는 꿈을 꾸었다

꿈은 산책처럼 길어졌다

가득한 기분에 대해 혼자 떠들었다

돌아올 때는 살갗이 벗겨져 있었다

장미 넝쿨과 철제 담장을 지나

사라지지 않을 바깥에서는 가질 수 없는 불안으로

전원주택 담장으로 늘어진 장미와 실은 장미가 아닐 지도

모르는 그것을

이미 지나쳤으므로—

살아 있었다

이곳은 삼킬 수 없는 작은 털이

가득하다

목소리를 낮춘다

목소리를 더 낮춘다

유종인

시 「만년필」 외 3편

1996년 〈문예중앙〉으로 등단했다. 시집 『아껴 먹는 슬픔』
『사랑이라는 재촉들』『답청』 등이 있다. 지훈문학상을 수상
했다.

만년필

잉크가 다 닳은 펜의 카트리지가 홀쭉해져
잉크병을 열고 펜촉을 담갔으나 잉크병도 바닥일 때
생활은 새똥이 묻은 교회 십자가 옆 허공에
빈 펜촉을 들어
필사筆寫의 부리로 끄적이는 일

필경사의 손도 아닌데 손가락에 생긴 펜혹은
창밖 뻐꾸기가 슬쩍 물어다 어디
묵언의 둥지에 한동안 탁란하듯 맡길 것도 같은 오월

바닥난 잉크 대신 카트리지에
히말라야 만년설의 빙하수를 넣어볼까
마하반야바라밀다심경을 심상하게 귓등으로 넘기는 절간
종무소의 진돗개 눈빛을 반쯤 채워 쓸까
가끔은 민달팽이와 유혈목이가 지나간 산 이끼의 숨결과
마라도와 가파도 사이 파도 소리를 시보時報처럼 담아뒀다

파도체의 소리 나는 푸른 사인을 해볼까
어기적어기적 저 오랜만의 두꺼비 머루 같은 눈빛도
만연체漫衍體 소설의 물꼬를 틀 때 써볼까

마음은, 점점 바닥난 잉크를 대신하겠다
팔 걷어붙이고 나서는 변방의 숨은 오지랖들
그 변두리 진국들에 펜촉의 관정을 그윽이 박는 날들

어머니는 그 생각만으로도 만년은 훌쩍 넘겨
쓸 수 있는 영혼의 잉크라는 것
죽음으로도 그 사랑의 필기감은 버릴 수 없다는 생각이다

금이 천재다

난초가 죽어나간 화분에
몇 개의 금이 실뿌리처럼 돋았다
기지개 켜듯
서 있는 나체 같은 금이
거기
좁장한 화분에 좁은 줄도 모르고
한껏 팔을 들어 나르시스 나르시스 포즈를 취하고 있다

금이다
금이 천재다
더 광야로인 듯 지옥에 천국을 메워나가는 금일 것인가
제 침묵에 금이 간 미소만 다질 것인가
금이 천재다
처음부터
시작은 이런 은밀한 싹수를 보였노라
눈밭에 노란 복수초가 올라오고

호수 물면을 가만 두근거리며
수련과 연잎이
금의 물결을 타진했다

때론 금간 이마로 연애의 키스는 당도하고
파경의 금간 자리마다 먼지의 금슬이 좋구나
때론 화촉이 드날리는 도심 저편
설산은 파르르 금간 눈썹을 떨며
수백수천 년 하얗게 밀봉한 야담을 토하는 눈사태,
금이 천재다
그대와 내가 맞잡은 악수의 손아귀 안에
드글드글 꼬물꼬물 손금이라는 황금벌레들
죽자 살자 기어이 헤쳐나갈 기미들,
금이 천재다

관상

적적했던 거울에 얼굴을 들이미는 것만으로도
나는 내게 점쟁이로 다가들 때가 있다
내 소싯적 얼굴마저 불러올 것 같은 거울한테
오늘의 내가 점집을 찾은 손님처럼
다소 쑥스러운 내력을 눈빛으로 고백할 때가 있다
내 다소 넓은 이마에는 관록이 한미하고
내 얼마간 짙은 눈썹에서 봉황의 눈꼬리가 시작되는가
흰 눈썹은 너무 이르니 뽑다 다시 보는 거울엔
어머니가 물려주신 광대뼈가 도도록하니
광대뼈엔 사과가 있나 자두가 맺혔나 복숭아가 들었나
콧등이 낮은 코엔 마늘이 있나 주독이 있나
콧대 높은 미인을 바라는 점잖은 여색女色이 있나
짧지도 길지도 않은 인중은
목숨의 장단長短인 양 어림해보지만
　내 목숨은 내가 길러가는 식물의 너름새도 되고 동물의 먹
성도 되는 것,

갈색이 도는 짙은 눈에선 멜랑콜리를 엿보지만

저 눈엔 호랑이가 숨었나 사슴이 깃들었나 머루알이 맺혔나

주걱턱이 아닌 하관은 재물의 터수가 있나 없나

한껏 고민의 턱을 내밀어볼 때도 있지만 한턱을 쏘자

누굴 바라기 앞서 무턱대고 한턱을 쏘자

저 혼자 발심發心을 내어보고 피식 웃는 것,

축농증 비염 수술로 입꼬리가 비뚤어졌어도

때론 매력 있다는 립서비스를 떠올리는 심사도 나의 것,

무엇이나 잔잔한 미소의 물결과 파안破顏의 격랑은

내 속종에서 길러낸 산미나리꽃 내 얼굴의 화단에 피워내
는 것

그게 끌밋한 발굴의 일종이라는 당부를

점차 미래의 얼굴이 당도할 거울의 점괘로 받는 것

그러니 같이 가자 얼굴이여

가을날 좋아하는 추남이지만 외딴 소나무와 이끼 번진 바
위와도

로맨스를 번지는 나여 같이 가자 발복도 음덕도

호수에 솟아나는 수련과 연꽃 같은 것

번뇌도 애증도 넉넉하니 내 곳간에서

그걸 이리저리 선량으로 바꿔 쓰는 재량이여,

옥생각을 선심으로 바꾼 이 아침의 눈부심은

낙천樂天이 조금씩 내 얼굴의 주인을 살겠다 주재해온 것

네덜란드의 햇빛

한겨울 어느 날 추위가 반짝 풀리고
대형 마트가 있는
큰길 사거리 횡단보도에
보자기에 싸서 고치러 나온 전기밥솥을 들고 서 있었다

번들거리는 오후의 햇살이
아스팔트에 반사돼 눈을 찡그릴 때
손에 쥔 밥솥 보자기는
어느 고인古人이 맡긴 인류 예언서 한 질帙만 같았다

밥솥을 고치듯
예언도 밥 먹으며 고쳐갈 거라고
밥 먹으며 고쳐 살 거라고
그리 맘먹는 밥이라고

사거리 아스팔트에 반사된 햇빛이

네덜란드의 눈부심 같았다

암스테르담 시가지 어느 오후의 적막한 빛과 그늘 같았다

거기 가보지 않고 여기

고개가 끄덕여지는 순간들,

네덜란드 다르게는 화란和蘭이라는 이름으로

겨울 거실에 붉은 제라늄도 피었다

한 나라가 한 나라 밖에도 번져나 살듯

그대는 내게 불쑥 얼굴을 맞댄

네덜란드의 어떤 눈망울,

암스테르담의 빛과 그늘로 짠 바람의 외투들

사랑 외에 더 추가할 것이 있는가

이병철

시 「노아의 냉장고」 외 3편

2014년 〈시인수첩〉으로 등단했다. 시집 『오늘의 냄새』 『사랑이라는 신을 계속 믿을 수 있게』 등이 있으며, 산문집 『우리들은 없어지지 않았어』 『사랑의 무늬들』 등이 있다. 제7회 김만중문학상 대상을 수상했다.

노아의 냉장고

1
내 애인은 몸 없는 냄새
혀 없는 소리
어디로든 갈 수 있지만

어디로도 갈 수 없는
애인은 물 없이 내리는 비
듣지 않고 젖는 땅속의 귀
한 호흡으로 얼음을
한 침묵으로 불을 울어봤자

물질이 아니어서 울면 날아가고
쏟아져도 녹고 마는
슬프고 예쁜 체온

2

냉장고에 넣으면 죽은 사랑은 부활한다

이것은 오래된 믿음이다

냉장고 문을 열어둔 채 집을 나섰다

음식물쓰레기를 버렸다 심령대부-흥회 전단지를 떼어냈다

지상의 모든 온도를 빨아먹어 코끼리만큼 무거워진

유골함을 집어 들고 돌아왔을 때

끔찍한 문 열림 경보음

방안에 폭설이 쏟아지고 있었다

3

추위를 피해 더 추운 곳으로

스웨터와 신발과 칫솔과 반지

애인이었던 물질과 함께 냉장고에 들어가 문을 닫았다

체온이 떨어지고 수분이 응결되자

우리는 하나의 단백질 덩어리

탯줄도 없이 서로의 아이가 되었다

급속 냉동된 이 사랑은

몇 세기가 지나도 싱싱했다

천 년 넘게 꺼내 먹을 만큼

유통기한 긴 구원은 신도 발명하지 못한 것이었다

사물함

비어 있는 네 자리에 저녁을 채울 거야
저 말없는 상자의 배 속에
분홍색 따스한 저녁을 집어넣을 거야
네게 노을을 한입 먹여줄 거야
교환일기장에 시를 쓰던 봄처럼
널 기다릴 거야 내 그림자가 지워질 때까지

학기는 끝나지 않았어
부디 이 복도를 걸어오렴
물에 젖은 소문들을 밟아가며
이제 아무도 없어, 다 죽었단다
몸 없는 손들이 발목을 붙잡으면
기꺼이 발목을 떼어주고 오렴

복도 끝 강의실에선
너를 오래 기다린 사물함이

녹슨 자물쇠의 복화술로 네게 물을 거야
한번 가면 돌아오지 않는 세상을 아느냐고

바다에 갈 거라고 대답하렴
깊은 바닷속으로 내려가서
아무도 데려오지 못한 너를
스스로 데려오겠다고 말하렴

사물함 속으로 들어가면
무중력 계단 아래
물속에 잠긴 교실이 보일 거야
날지 못한 새와 복숭아와 필름카메라와
실내화가 주인을 기다리고 있을 거야

내 주인은 너야
책상 앞에서 내 이름을 부르렴
금방 갈게, 나를 몰라보면 안 돼
함께 벚꽃이 예쁜 학교로 돌아가자
학기가 끝나지 않았으니까

Summer Scratch

당신의 어제는 해석할 수 없는 색이죠 다리 사이 타투는 당신이 숨긴 태곳적 이미지라서 나는 혀끝을 바늘처럼 세워 아홉 개의 목숨을, 여섯번째쯤 될 나라는 현생을 긁어나가요

무수한 주름이 모여 색이 된 천국
펴지지 않는 주름을 다 펼 때까지 나는 바늘이 되어야 해요

주름진 곳엔 언제나 신의 발자국이 스며들고, 비밀스런 발소리는 증오를 키우므로 힘이 센 바늘에 덜 굳은 거짓이 터져 오늘이 엉망진창 검붉어져도

바깥은 여전히 초록, 일곱번째 천사는 오지 않을 거예요

혀가 바늘이라는 건 은유가 아니라 직유, 혓바늘 닿는 자리마다 당신이 덧칠해온 전생의 허물들이 한 겹 한 겹 벗겨져요 당신이 저지른 첫번째 죄의 색을 알 때까지, 추방된 곳에서

음악처럼 흐르던 당신 몸의 물빛을 내가 그릴 수 있을 때까지

　나는 얼마나 날카롭게 당신을 긁어 상처를 동굴 벽화로, 반짝이는 고통을 중세의 사탕수수로, 원색 악몽을 무채색 백일몽으로 바꿔내야 할까요 여름은 또 얼마나 많은 초록을 내일로 쏟아부을까요

　이것은 눈먼 천사의 애무

　긁어도 긁어도 벗겨지지 않는 검은색을 어떡하죠
　당신이라는 바탕을

핏자국이 그린 벽화

비릿한 꿈은 어느 지붕 위에 두고 왔니
너는 핏자국들이 그린 벽화,
햇볕에 데여 쓰라린 목덜미야
네가 먹다 남긴 밤 열두 시는
달빛 방부제에 젖어 아직 싱싱해
쪼글쪼글한 히프마저 탱탱해지는
이 어둠은 너만의 것
도도한 곡예사야, 공중제비를 돌아봐
홀쭉한 네 옆구리에서
보드라운 털들이 부풀어오르고
별빛과 별빛 사이 좁은 공간을 달리는 발톱이
새앙쥐 냄새를 잊은 채 꽃물 드는 걸 보고파
물을 너무 많이 빨아들인 저 꽃잎들,
축 늘어진 아이들의 잠만 깨우지 않으면 된단다
비눗방울을 불어, 내 몸에 떨어뜨려줘
땀내 가득한 숨 속에 널 가두고 말 테야

야옹!

꼬리를 끊고 도망치는 고양이!

내 손에 잡힌 꼬리가 꼿꼿이 치켜서는 건

네가 부린 마술이지?

나는 더 참을 수 없어

이제 네 꿈속으로 날 데려가줘, 고양이야

전영관

시 「간병인」 외 4편

2011년 〈작가세계〉로 등단했다. 시집 『미소에서 꽃까지』 『슬픔도 태도가 된다』 등이 있다. 토지문학상을 수상했다.

간병인

신음과 통증을 번역하는 사람이다

의사 다음으로 간호사와 친밀해서
가족의 손을 잡아주며
환자의 발치에 쌓인 상심들을 공감해준다
병실은 이별이 잦은 곳
환자가 안치실로 내려갈 때마다
책임도 없으면서 의사의 심정이 될 것이다
임종을 숱하게 보았을 테니
저승에 구면이 많을 것 같다

그의 능력은 병세를 짚는 의술이 아니라
의사가 흘린 표정을 가족에게 읽어주는 눈치

우리는 간병인을
문병 갔는데 먼 친척인가 하면서 머뭇거렸던 사람

가족에게 의자를 양보하는 사람 정도로 인식한다
잠시 앉았다 일어선다면 모르겠지만
누우면 30cm 짧은 보조침대의 불편함을
밤샘해봐야 절감하게 된다

두 달을 입원했었던 병력이 있으니까
내 옆에 웅그렸던 사람을 그릴 수 있는 것이다

통증은 성격 같아서 제각각이고
언젠가는 실체를 드러내는 것이어서
간병인은 곁을 지키는 파수면서
주치의에게 전달하는 파발이다

환생들

아랫배가 따듯할 때 나른한 것처럼
연해진 봄나물 찾다가 벼랑을 헛디딘
양지의 유혼幽魂이
빈혈로 평생 어지러웠던 여인이
쑥버무리 해드리마고 잊지 말자고
약속하듯 손가락 걸어둔 진달래

얼음 풀리는 거 금세라고 웃으며
봄에 돌아온다는 서방을 기다리는데
애 낳다가 이승을 떠나
혼자만 행복한 천국이 슬퍼진 천사가 되어
여기 있다고 가지마다 옷자락을 매듭지은 목련

귓속말이라도 할 듯 다가왔다가 겸연쩍어
사랑한다고 후우…… 입김 불던 아내의
제상祭床에 올릴 떡가루가 뜸 들듯 포슬포슬

다래끼가 난 것같이 아롱거리게 하는
저승까지 손닿는다면 흔들어보고 싶은 산수유

푼수면서도 속 깊었던 시누이 머리핀처럼
지방紙榜마저도 싫증나는데 돌아보게 만드는
정전된 밤에도 환할 것 같은
바람 속에 숨은 악동이 간질밥을 먹인 듯
깔깔거리는 동네처녀 합창단 개나리

허공에 몰려다니는 귀신들의 곡哭을
봄바람이라 한다
꽃은 지는데 사람이 더디 온다는 몸부림을
꽃샘바람이라 한다
곁이 비었는데도 울렁거리는 까닭을
환생이라 한다

피아노 조율사

차별이라는 높낮이를 조절한 후에
순서에 상처받은 사람을 살펴보겠지

하나의 음을 정하면 이전 것은 사라진다
늑골이 어긋나듯 아픈 사랑도
새 사람을 만나면 지워지는 것이다

애인의 허밍이 음계가 틀려도 웃어주는 마음처럼
어긋남을 알아야 조율할 수 있는 것

피아노 교습에 시달리다가
음과 음 사이에 숨어 있고 싶은 아이를 찾아
가만가만 어르고 다독이는 사람
건반만 누르고 달아나는 아이처럼 이탈하는 음을
데려와 제자리에 앉히는 사람

가라앉은 마음에는 올라오라고 #을

화가 치솟아 누군가를 다치게 할 때는 침착하라고

♭을 붙여주는 감정 조정인데

조율사 산업기사라는 자격증이 붙었다

조화보다 규격을 믿는 세상이다

차별받고 억울하고 울렁거리는

생을 조율할 수 있다면

그에게 부탁하고 싶다

화엄사 수채화

젖음은 수긍과 결이 같은 말

기원하지 않고 법당을 지나치는 사람들
가슴이 넓고 튼튼한지
풍경을 그러모아 카메라를 채우는 사람들
이미 그득한 무언가가 힘겨워
엎드려 절하고 한참이나 앉아 있는 사람들

남겨질 얼굴들 때문에 멀리 가지도 못해서
각황전 처마 아래 젖은 신발처럼 앉아 있다
낙숫물 테두리 안에 갇혀 있다

절은 부처에게 제 것을 떠미는 곳이 아니라
자신이 온 이유를 알게 되는 곳이다

염殮장이가 립스틱 발라준 시신인 양

앙상하고도 붉었던 홍매가 초록으로 젊어졌다
삼배 올리고 나오는 노인께
여기 서서 회춘 받으시라 하고 싶다

욕망이라는 근육을 버렸는데도 부드럽고 힘센 운무가
산을 넘어간다 가볍다
배롱나무가 여름을 건너느라 몸피가 야위었다
건너려면 묵어처럼 자신을 덜어내야 한다

이루고자 했던 목록을 나열해보았다
제 사랑을 상대에게 확신시키는 일도 괴롭힘이니
나는 나를 오래 괴롭혀왔다

출판사 앞에 선 시인들처럼
사람들이 기와불사에 이름 쓰느라 모여 있다
등이 젖는 줄도 모른다

호텔

봄은 저마다 가사가 다른 돌림노래
꽃그늘은 사랑을 확신하는 바보들의 전용석

나비가 실내까지 따라온 분은 할인해드립니다
실수를 후회하고 싶은 분께는
가장 맑은 거울이 걸린 방을 추천합니다
악담과 모멸은 포인트 적립에서 제외됩니다
꽃 진다고 커튼을 닫지 마세요
웃고 나면 허전한 것이 꽃의 순서입니다
나이에 감염되면 꽃이 슬퍼진답니다
속눈썹처럼 나른한 사월의 부작용이죠

다가서면 물러나고 바라보면 외면하는
고양이를 이해해야 사랑을 알게 됩니다
연애가 서툴러도 상심하지 마세요
오래도록 모과 향기에 행복하고 싶으니까

덜 익어서 떫은 것을 선택하는 겁니다
한 번에 허락하는 지퍼 말고
하나하나 섬세해야 펼칠 수 있는 단추를 선호하시면
애인의 화장을 기다려주는 남자죠

암사자를 암살자로 읽었다고
여자에 대한 적의가 내장된 건 아닙니다
실연한 손님용 룸서비스 농담입니다
여기까지
이전 투숙객들이 남긴 메모입니다

정민식

시 「어린 나의 외국어」 외 4편

2020년 〈문학의오늘〉로 등단했다.

어린 나의 외국어

하고 싶은 말 대신 할 수 있는 말을 합니다

들리는 대로 당신을 이해하고 싶지만
당신은 언제나 들리는 만큼의 당신입니다

외국의 애인은 내게 시를 읽어줍니다 그러나
더빙도 자막도 없는 여기가 차라리 라디오라면

틀어놓은 당신이 배경이 될 때까지 엄마 엄마
반복이 아이에게서 의미의 입술을 가지는 것처럼
번역도 의미의 목구멍을 가질 텐데

어린 나의 외국어는 궁금한 게 많아
질문하기 위해서는 질문하는 법을 먼저 배워야 합니다

문장이 막히면 생각은 바짓가랑이를 붙잡고

울어줄 어른이 필요합니다 울음이 마지막까지

버리지 않은 언어는 누구의 것일까요
결국 터져버린 보따리를 스스로 주워 담으며
사랑은 다시는 까먹지 않을 단어가 되었습니다

아무도 보지 않을 때 눈물은 멈춥니다

우는 자신을 보기 위해서, 한국어를 하는 내가
입술을 열고 나와 지지직거리는 라디오를 꺼주었습니다

나의 어린 외국어는 나의 시를 한 번도 읽어준 적이 없고
외국의 애인에게 다시
하고 싶은 말 대신 할 수 있는 말을 합니다

나의 어린 외국어는 외우는 만큼 자라서
기억의 전부가 당신이라서, 외국의 애인은
들리는 대로만 나를 듣습니다

우리는 소리만을 믿기로 합니다

우리는 우리만큼의 우리가 되기로 합니다

한국어를 하는 내가, 우리가 흘린
국경을 주워 담고 있습니다

시집은 혼자 남아 집을 보다가

나는 떠나려 했을지도 모릅니다

이제는 구할 수 없는 절판된 시집을 남겨두고
페이지마다 벌어지는 상처로

죽어가기를 바랐을지도 모릅니다
호스텔의 공용 주방 테이블은

누르고 있던 걸까요 네 개의 다리가 더 자라는 게 무서워
내 것이 아닌 분명한 시간 속에서

한글을 모르는 이방인 품에 안겨
자장가를 불러줘요 고다드씨
사우스햄튼 해변이 불러주는 자장노래

꽉 찬 그늘을 이고 어둠은 왔을 것입니다

타국에서만 나는 내 책들의 유일한 엄마가 되고, 그래서

나는 떠나려 했을지도 모릅니다
어떤 언어도 책임질 자신이 없어서

그때의 나는 어둠을 따 배낭에 이고
모랫길을 달렸을지도 모릅니다
내 실패의 기역 니은을 일러주기 위해

곤히 잠든 얼굴은 왜 모두 모국어일까요

물이 빠진 모래사장에 빈 종이를 대고
연필을 마구 그어댔겠지요 그늘을 앗아간
파도의 노랫말을 알고 싶어서

한 번도 진심으로 슬퍼본 적 없어서
수평선이 되어보려 했을 것입니다

하늘과 바다의 말이 하나의 밑줄로 채워지는 선,
그리고 스르르 감기는 풍경

눈의 수평선을 떠난 눈물이 영원히 집으로 돌아갈 수 없는
것처럼

떠나려 했을 것입니다 팔베개가 상처를 펼치는 손뿐이라
해도

누가 깨울 수 있었을까요

유일한 언어가 숨인 것같이

말을 잃은 사랑을

믿을 수 없었던 것입니다 바구니가 차지 않아도

메아리로 돌아오는 길이 있다는 사실을요

동서울터미널

발 없는 손이 땅을 끌어 횡단보도 앞에 섭니다
오늘은 자꾸 오늘만 일어나서 부탁해도
그냥 지나가는 사람들, 터미널

동정은 멈추는 곳을 봅니다 거저 달라고
빕니다 멈춰 선 자리마다 찾아오는 비둘기

보지 않습니다 어떤 눈은 어디를 보는지 알 수 없어서

고개를 숙이죠 뒷걸음질치는 기척이
떠나간 자리를 비둘기는 대신 바라봅니다

9월입니다, 터미널 앞 포차는 여름의 끝을 꿰어
어묵을 끓입니다 아직은 더워서

그냥 지나가는 사람들, 목적지와 시간표

추석에는 모두 떠납니다 어디로든 누구든

만나기 위해 비워야 할 집은 있고
비워둔 집이 멀어 달이 매달 혼자 하는 강강술래

고향의 집처럼 흡연부스는 다시 비워집니다
목적지 대신 구름의 안부가 되기로 한 연기,

피어오르지만, 강제 퇴거를 거부하는 시위대 목소리엔
이제 목적지만 있습니다 태워줄 버스도 없이

걸어서라면 갈 수 있을까요 외국인 노동자의
영상통화가 매일 향하는 곳, 원의 바깥은
중심까지가 멀어 공전보단 차라리 자전이 낫겠습니다

컨베이어 벨트, 윤달처럼 찾아오는 오차율같이

돌다가 돌다가 캐리어를 굴리는 팔월 보름이
이탈한 채 질질 끌려가는 곳 동서울터미널

이어폰이 탑승한 귀가 계속 나를 출발합니다
서로에게서 딱 얼굴만큼 거리를 두고 앉아

뺨을 지나 코를 지나 다시 뺨,

잘못 매표한 승차권인 걸 알면서 고향은
떠날 수는 있어도 바꿀 수는 없습니다

팔월 보름은 구월이라서

Home

where your cough is from is not a face but
a thought
a habit that has lost its thought seizes
a lonely dinner of self-quarantine

I now miss home when
I have nowhere to call home

where your home is not a place but
a thought
a worry that has lost its excuses squeezes
a long wait of each other's door

I am behind the door
I can't see the door
but I can see the fear
as like I see the adore

my home never had a door
I am always there

기침이 나는 곳은 얼굴이 아니라
생각
생각을 잃은 습관이 잠는다
자가격리의 외로운 저녁식사

나는 지금 집이 그리울 때
집에 전화할 곳이 없어

당신의 집이 장소가 아닌 곳
생각
핑계를 잃은 걱정이 움츠러든다
서로의 문을 오래 기다리다

나는 문 뒤에 있다
문이 안 보여요
그러나 나는 두려움을 볼 수 있습니다
내가 좋아하는 것을 보는 것처럼

내 집에는 문이 없었어
나는 항상 거기에 있다

관성

우리는 묻습니다 누구에게 묻습니까
딜러는 대답합니다 마지막 기회일지도 모릅니다

유례없는 할인, 이것은 숫자놀음이 아닙니다
중립기어가 빠진 일상에 브레이크를 밟을 절호의 찬스

허울을 알기 위해 허울이 되어야 합니다
책임이 경계 밖으로 시선을 배출할 수 있도록

나는 가벼워집니다 여기에 왔다는 사실만으로
더 빠르게 달릴 수 있습니다
습관이 시간에게 보낸 경고장을

초대장으로 알고 왔겠죠 여기 있는 모두가
이해할 수 있습니다 말을 하는 스피커
서로를 이해하지 않을 뿐 귀가 없는 스피커

하지 않는 것은 돈의 문제일 때가 많습니다

미래를 미리 살아본 예감의 귀는 차라리 악당에 가깝죠
들을 수만 있어서 나는 가만히 서서 중립을 생각합니다
신호등과 무관하게 정지선을 지키는 차량처럼

그런데, 이상하죠 뒤에서 경적이 울리지 않습니다

앞에서 뒤로 보내는 경적이 수립한 울림에는
조건 없는 목표만 있습니다 번갈아가며
손의 발목을 잡고 마이크는 물었는데

우리는 누구의 목소리입니까 입니까 연사하는
카메라 셔터가 뜨겁게 시위의 마지막 불을 피우고

저지선 밖의 사복 경찰이 마지막 할인에 대해
생각하는 동안 마지막 할인이 끝나고 있었죠

눈 하나 꿈쩍 않는 선글라스를 낀 채로 시선은

당신과 나 사이의 거리를 연료로 하는 기관이 됩니다

자신이 보낸 경고를 다시 챙겨 돌아가는 가방의 속도로
묻습니다 무엇을 물어야 하는지

집으로 가야 하는데 집을 모르는 사람처럼 서서 나는
중립에 대해 다시 생각합니다

나와 상관없는 경적이
도로에 가득했습니다

한연희

시 「실내비판」 외 4편

2016년 〈창작과 비평〉으로 등단했다. 시집 『폭설이었다 그 다음은』이 있다. 제8회 딩아돌하 우수작품상을 수상했다.

실내비판

사람을 위해 빛을 밝혀주는 도구
샹들리에의 어원은 양초에서 왔다
그러나 우리집과는 어울리지 않는 물건이었다

아버지들 이야기는 더는 하고 싶지 않아요
죽어 사라진 주인 대신 살아남으려는 덩굴 식물
여긴 그것만 있으면 충분했다

어둠이 자라나 실내를 메우는 목적은 거실의 이면을 감추
기 위해서
트로피와 상장 그리고 유명인사와 찍은 사진은 천박한 취
향을 가릴 뿐이어서

유행과 자본에 밀려난 것은 당연한 일 같았다
언젠가 베냐민의 책에서 본 문장처럼 여기서 찾을 것은 없
었다

새장이 있고 시계가 달린 샹들리에 아래에서
가족은 매번 손님을 모시고 파티를 열었었는데
바깥세상에 대한 불만을 터트리다가
점점 술에 취해갔다

그때 몇몇 아이들은 우표를 오리고 붙이는 일에 매달렸다
우표엔 권력 따위는 없었으니까
아니 아버지들의 한낱 취미생활과는 별개였으니까

실내가 점점 어두워져요
잘 앉지 않은 고가의 안락의자, 부피만 큰 칠기 장식장
몇 세기를 지난 골동품과 잔꽃 무늬가 촘촘히 박힌 벽면까지
아무것도 보이지 않게 되었다

  어떤 세계는 가짜가 되었다
  어떤 풍경을 진짜로 믿었다
  옳고 그름에 관한 우표를 떼었다

반짝거리는 금빛 손잡이는 녹이 슬었고

현실주의자라고 여긴 자들은 낭만주의자에 불과했고
암막 커튼에 가려진 추악한 사건의 진실은 밝혀지지 않았다

붙박이장처럼 그 자리에서 매번 목격자가 되는 일
희미한 전등처럼 깜빡이다가 목숨을 잃은 일
무겁고 잔인한 실내는 한 번도 환기되지 않은 일

　목소리를 내십시오
　환상을 버리십시오
　목적을 잊으십시오
　실내를 벗으십시오

한쪽 벽면을 가득 채우고 있는 유리창을 깼다
북받치는 내 울음이 허공으로 뻗어나가는 동안
콘크리트에 가려졌던 철근을 목격합니다
아직 굳건하게 존재하는 진실을 마주합니다

폭력을 보호할 실내는 이제 여기에 없습니다

아무나 악령

오늘은 잠을 푹 자기로 했다

어느 날 떠오른 질문 하나가 머리를 맴돌았기 때문이고

예로부터 전해 내려오는 비법 하나를 들었기 때문이다

잠 속에서 또 잠을 자게 되면

악령 하나가 나올 것이고

그에게 질문을 던지면 답을 들을 수 있다

단 악령의 이름을 먼저 부르지 못하면

악령은 오히려 질문을 던지고

답을 건네지 못한 자들에겐 악몽이 시작된다고 하였다

"독수리가 두더지 구멍에 무엇이 있는지 아는가?"*

내가 아는 구멍에는 인간이 두어 명 있고, 양떼가 잠들어 있을 것이고, 그 외에는 까마귀와 곡식 낟알, 수선화 그리고 가시 면류관 정도

그것의 목록은 순전히 우연과 잠의 선택이었으니

---

* 윌리엄 블레이크, 『블레이크 시선』.

나와는 아무 상관이 없는 것이고

구멍 밖으로 나오는 양의 숫자를 세고 또 세다 보니

결국 새해를 맞고 말았다

가끔 문밖에서 박수 소리와 함성이 들린다

새해가 밝아오는 것을 모두 축하하는 자리

문을 열고 나가면 다시 방구석에 한 살 더 먹은 내가

여전히 어제의 나와 다가올 나와

함께 거기 누워 있다

"두더지는 구멍 밖에서 불편한 진실을 발견했습니까?"

숨을 들이쉬고 내쉬는 일에 집중하다 보니

어느새 순한 양의 얼굴로 선 자가

내 머리맡에서 질문을 던지고 있다니

그러나 불현듯 아무나 이름이 떠올랐고

바로 하얗게 질려 그것이 눈 코 입을 지우기 시작했다

아무것도 없었다 아무 일도 없었다

아무는 아무를 부르고 아무를 붙들고 아무를 지우고 아무
는 문을 걸고 잠을 들여다본다

"아무나 이렇게 바닥으로 내몰렸겠습니까?"

"평생 바닥에 아무나 누워 있고 싶겠습니까?"

바닥에 누운 것은 나의 몸이긴 하나 그것은 내가 아니고

떡국을 가득 담은 그릇을 건네주자 아무나 그것을 먹어치
웠다
새해가 되었으니 한 살 더 먹은 질문은 하나둘 늘어나
평범함이 되려 했다
소시민은 그저 추위를 피하려 불을 피웠고
전깃줄을 고치러 올랐을 뿐이고
밀린 일로 잠들 수 없었다

그리고
질문을 잘 펴보았다
소독약 냄새가 났다

아무나 잘 지냈으면 좋겠고
사는 목적이란 없었으면 좋겠고
두 개의 발은 희미해졌으면 좋겠고
전혀 다른 이야기를 하고 싶었으면 좋겠다

악령은 팔과 다리를 자르고
시의적절한 질문을 골라내느라
여전히 잠 속에서 허우적댄다

답을 구할 수가 없다

씨, 자두, 나무토막 그리고 다시*

잃어버린 연필을 생각한다
뭉개진 자두를 떠올리고
불타오르는 나무토막을 목격한다
언니, 엄마, 이모 그리고 다시 딸을 생각한다
어제는 엄마가 검은 재킷을 입은 자에게서 도망쳤지
내가 사랑한 언니는 곤죽이 된 이후로 사랑을 더는 믿지 않아
이모는 그랬지 밤에 나다니다가는 수풀에서 발견되어도 이
상하지 않을 거래
그런데 등을 곧게 세운 딸이 똑바르게 길을 걷기 시작했어
딸이 훌륭한 사람이란 뭐냐고 물어봐
여름에 죄지은 자가 겨울에는 풀려나는 걸 보면서
너무나 쉽게 무죄가 되는 걸 보면서
나는 입을 다물고 말았는데
훌륭씨 착한씨 용감씨 사랑씨 우주최강히어로씨

---

* 보이테흐 마셰크, 『피노키오, 어쩌면 모두 지어낸 이야기』.

밭에 그런 씨를 심어두면 될 거래

딸은 이 세계가 어둠 속에 머물지 않을 거래

너무 익어버린 자두를 이모는 밭에 심었지만

씨는 나무로 자라지 못했어

콕콕 박힌 불행의 씨를 삶에서 떼어내느라

흙 속에 파묻힌 듯 엄마는 컴컴하게 지내왔어

그래도 어떤 믿음은

훌륭하게 자라나 자두나무로 빛날 거래

죄를 지은 자의 죄를 벌해줄 거래

불타오르는 나무토막을 꽉 안고서

용서를 빌면

그들은 연필이 되고 말 거래

무릎을 꿇고 물음을 묻고

기억해야 합니다

진실을 파헤쳐야 합니다

꾹꾹 적어나갈 수 있는 연필을

언니가 손에 쥔다

엄마가 이름을 쓴다

이모가 일기를 끝마친다

딸이 필통 가득히 연필을 모은다

그렇게

씨가 나무로 나무가 연필로 연필이 진실로

이어지고 이어지는 세계에서는

작고 여린 씨앗이 되는 것이

두렵지 않을 거야

무궁무진한 다음을 기다릴 거야

용서하고 또 할 수 있을 거야

훌륭하구나, 너희들은 정말

철수씨 민구씨 요한씨 지훈씨 동우씨 우석씨

철저히 무언가를 쓰고 써 내려가는 시간을 지나는 동안

검게 탄 나무토막 앞에서 울어버리고 마는

그런 자의 모습을 누가 비난할 수 있겠어요

자신을 부끄러워할 리가 있겠어요

나타샤 말고

라면을 끓였습니다
구불거리며 찰랑거리는 머리카락을 보게 될 줄은 꿈에도
모르고

맵고 칼칼한 라면의 스프를 탈탈 털어 넣으며
스트레스를 한 방에 날려버릴 생각에 들떴습니다

후후 불어 배고픔을 삼키려는 찰나
냄비 아래에 놓인 작은 책에서
귀신이 비집고 나온 것입니다

나의 나타샤
나는 그렇게 부르기로 했습니다

하얀 얼굴로 산발인 머리카락을 흔들며
옛이야기를 하는 나타샤는

백석의 시를 모르는지 아는지

진정 정체가 귀신인지 아닌지

상관없이 그저

푹푹 나리는 눈 속을 걸으며

들판을 나린다는

생을 누린다와 같지 않고

아직 못 누린 삶은

들판을 구르기에 바쁠 뿐

배고픔에 눈을 감은 이야기로

한참을 떠들었습니다

너는 나타샤와 다르고

진정한 나타샤는 자꾸 멀어질 뿐

구불구불 머리카락에 쌓이는 흰 눈과

나의 불어가는 흰 머릿발과

겨울밤이 이렇게 조용히 흐르는 가운데

조곤조곤 노래 부르듯

이야기하는 나의 귀신

나타샤는 상징적인 힘

나타샤는 전복의 사유

너는 나 말고

나는 나타샤 말고

이 밤은 영 지루하지 말고

불쑥 솟아오르는 보름달 아래 휘이 휘이 당나귀 말고

시에 대해서 생각하는 밤

라면과 나타샤와 바람에 대해

할말이 많은 나를 두고

백석은 총총 냄비를 가로질러 가고

푹 퍼진 면발을 떠먹으며

외롭다 괴롭다 도롭다 로롭다 단어를 꿰맞췄습니다

나는 나타샤 말고

나타샤는 사랑 말고

자신을 버린 조국을 택했다고

북방에서 영영 돌아오지 못한 당나귀의 이야기를

만들어 들려주었습니다

희고 매운 건 현실이고

검고 순한 건 몽상이라서

오늘은 라면에 밥까지 말아 먹어치워야만

밤이 끝날 것 같습니다

홀연히 사라진 나타샤 대신
왠지 창밖에는
꼭 진눈깨비가 흩날리는 것만 같아서
당나귀 홀로 걸어가는 골목길을 본 것만 같아서
어제 읽다 내팽개친
뜻 모를 책을 다시 집어 드는 것입니다

호지차와

찻잔 하나가 깨지는 소리를 들었어
창가에 앉은 산비둘기 풍경에 집중하고 있는데
느닷없이 유리의 시간이 개입한 거였어

참 아름답구나
짤그랑짤그랑 비둘기 울음과
모락모락 피어오르는 호지차와
차를 나르는 바쁜 주인의 발걸음
자꾸 오월의 한복판에 서게 하는 너의 온기까지

있잖아, 그때도 그랬어
손을 붙잡고 걸어가는 어린 연인에게서
어깨와 다리를 부딪칠 때마다
찰그랑찰그랑 유리 소리가 났거든
웃음이 끊이질 않는 그들 뒤에 서서 밀어를 엿들으며
참 아름답구나 중얼거렸어

찻잔 하나가 여러 개의 조각으로 나누어지는 일이
서로 부딪치며 하나로 포개어지는 일이
너와 차를 마시는 동안 아주 길고 느리게 이루어졌는데
그게 어쩜 그리도 평온한지
잠시 눈을 감고 들었지 뭐야

어린 연인은 어쩌면 서둘러 이별을 했을 테지만
그 오월의 나무 아래를 걷던 일은 기억하고 있겠지
찰그랑, 찰그랑 마주침에도 일렁이는 유리잔처럼
우리의 찻잔에도 작은 파문이 일렁이고 있겠지

그러나 곧 괜찮아지겠지

호지차와 남은 온기 속에서
우린 아직 할말이 많이 남아 있으니까 말이야

어느덧 찻집에는 손님으로 꽉 들어차
수런수런 대화를 나누는 소리
찻잔이 달그락거리는 소리

아까와는 전혀 다른 시간으로 바뀐 채

유리는 더 단단한 유리를 만나고, 발자국 다음엔 다른 발자
국이 이어지고
사랑 다음엔 새로운 사랑이 오기도 하면서

그러니 호지차와 밀떡을 나누어 먹으며 우리
온기와 냉기 사이에서도 깨지는 걸 두려워 말자
창밖에 서서히 번져가는 어둠을 바라보면서도
이제는 걸어갈 때가 된 것이라고 여기자
다음엔 뭐가 튀어나올지 모르지만
손을 붙잡고 우리
함께
나아가기로 해

조성국

시조 「개같은 진화」 외 4편

2018년 〈조선일보〉 신춘문예, 5·18문학상 신인상으로 등단
했다. 시집 『적절한 웃음이 떠오르지 않았다』가 있다.

개같은 진화

사막서도 잘 자라는 선인장이 죽어나갔다.

사체에 머리를 박아 속살을 파먹고 사는 독수리는 병균에 노출될 위험이 커서 이마와 뒷목 털을 스스로 뽑아내며 민머리로 진화했다. 생체에 머리를 박아 감정을 파먹고 사는 나는 연민에 노출될 위험이 커서 눈과 귀의 통점들을 스스로 뜯어내며 민막으로 진화했다.

우리집 개는 물지 않아요.
대신 내가 뭅니다.

하이힐 2

멀쩡하던 대화가 골절이 됐나봐요

얼굴이 낯설어졌는지 A가 B의 뺨을 쳤고 산소가 부족해
졌는지 B는 A의 턱뼈를 쳤고 A가 그림자 위로 쓰러지자 B는
그 체위의 의미를 알겠다는 듯 A의 등에 올라타서 휴대폰으
로 A의 뒤통수를 쳤고 A는 응급 처치가 필요하다는 듯 오른
손을 들었다가 할말을 잃었는지 바닥에 내려놓고 말초신경에
이상을 느꼈는지 손가락 하나 까딱하지 않습니다 둘의 육체
는 보이는 것보다 밀접한 관계인 것 같습니다 B는 확인할 게
있다는 듯 조심스럽게 일어나서 한밤처럼 고요해진 A를 체력
이 닿는 데까지 걷어찼고 충격을 이해한다는 듯 A는 입을 벌
렸다가 서둘러 닫고 침묵은 때로 말보다 더 많은 걸 말하는
거라서 B도 침착하게 바짓단을 턴 뒤 휴대폰을 켭니다 쌓인
오해가 풀리고 피로가 회복됐나봐요 아무 말이 없는 A를 위
로하려는 듯 B는 모텔 벽에 등을 기대고 드라마를 봅니다 그
때쯤 경찰차가 출동하고 구겨진 하이힐을 가리키고 경위를 물

었는지 B의 손짓과 발짓이 비상점멸등처럼 화려합니다 CCTV
가 타인의 열애를 녹음하는 것은 불법입니다

글쎄요 농담이었다고 하는지 다들 웃습니다

라디오에 건전지를 넣다

스피커의 뒤쪽은 견고한 적막이다

미리 죽는 자세여서 목청을 뒤척인다

맑은 날 1.5V 새가 운다 당신의 신청곡으로

딱새

그해 겨울 새는 월동지를 찾아다녔다

얼음장 같은 아버지 손바닥은 새의 뺨을 지독하게 쫓아다
녔다 내가 아톰 로봇 그려진 책가방을 메고 다니는 동안 새는
구두약과 구둣솔 든 나무통을 메고 시장통을 떠돌았다 폭설
이 잠깐 숨 돌릴 때 극장 계단 종이딱지만한 양지에 달라붙어
크림빵을 쪼아 먹는 새를 보았다 좁은 어깨가 들썩일 때마다
코끝과 뺨이 까맣게 반짝거렸다 그날 아버지는 마당에다 가방
과 교복과 책들을 찢어 던져놓고 차가운 불을 싸질렀다 환한
밤 강둑 너머 서울 가는 기차가 꽁꽁 얼어붙은 꼬리를 까닥거
리며 길게 길게 울었다

그 새는 추위만 남기고 귀가하지 않고 있다

바람이고 바람일 거야

어떤 길은 낮은 데서 더 잘 보이기도 하지

우리 가는 길이 마음에 걸렸나봐 꼭 같이 가야겠다는 듯 우리 발걸음만 쫓아다녔어 목줄에 묶여서도 반지를 견뎌내는 손가락처럼 무던했어 어쩌다 풀린 날은 비닐봉지나 슬리퍼를 물어왔지 풀씨를 잔뜩 묻혀온 날도 있었고 길가에 아무렇게나 내버린 웃음들을 찾아다녔는지 몰라 우리 가야 할 길이 거기 있지 않았을까

어쩌면 우리 아침은 어두웠을 수 있어

한번 문 관계의 끈을 놓지 않으려고 짧아도 짧다고 짖지 않았겠지 들판 너머 가본 적 없는 강가까지 나갔다가 문득 첫 만남을 떠올린 적도 있었을 거야 저 혼자 실컷 짖다가 무겁게 돌아왔겠지 곁의 생각을 독해하는 일이란 생각보다 어려웠을 거야 오차가 생길 때마다 꼬리를 내렸겠고 시간은 공처럼 던

지고 물어오는 장난감이 아니어서 이별을 물고서는 꽤 오래
망설였을 거야

우리와 같이 걸어도 혼자일 때 많았겠지

흰 구름이 부르던 날은 어색했을 거야 귀에 익은 목소리가
아니었을 텐데 그래도 짖지 않고 웅크린 채 잘 따라갔어 아무
일도 없었던 듯 다시 돌아올 수는 없을 거야

서로들 곁에 머무는 일이란 바람, 바람일 거야

오랜 기억의 적층을 투과해온 섬광의 순간들

유성호(문학평론가, 한양대학교 국문과 교수)

이번에 출간되는 앤솔러지 『몇 세기가 지나도 싱싱했다』(교유서가, 2022)는 우리 시단에서 각 세대와 경향을 대표하는 열세 명 시인들이 모여 새로운 음역(音域)을 창출해낸 멋진 시집이다. 협착한 동인(同人)의 의미망에서 벗어나 저마다의 개성을 최대치로 구현함으로써 이들은 각각의 독립성을 유지하면서도 세상을 함께 내다보는 창(窓)을 소담하게 만들었다. 그래서 이 앤솔러지는, 자신의 제목처럼, 싱싱하기 그지없는 언어를 통해 우리에게 동시대의 힘찬 기율과 기운을 선사하게 될 것이다. 책의 전체적 경개(景槪)를 따라가면서 각 시인에게서 한 편씩 뽑아 이 시집이 품고 있는 빛 나는 정점들을 만나보기로 하자.

*

공광규의 목소리는 그가 최근 특별히 정성을 들이고 있는 '역사적 상상력'의 훤칠한 결실로 다가온다. 그의 시선과 필치는 고대사로부터 이 땅에 면면히 이어져온 시간을 따라가면서 그 역사의 심층을 향한다. 「책의 운명」에서 시인은 『징심록』 가운데 「부도지」 편만 우리가 볼 수 있게 된 것이나, 어찌하여 그 책이 다시 양산절에 딸린 암자에 와 있는 것 모두 운명이 아닐까 생각해본다. 우리 민족이 대륙에서 출발했다는 전언을 담은 기록에서 "파미르에는 마고성이 있었고/ 마고가 살았다/ 마고는 짝 없이 하늘과 감응하여 두 딸을 낳았다"라는 구절을 발견한 시인은 곰곰 유라시아 여행을 결심하게 되는데, 그래서 이 작품은 일종의 고고학적 출사표가 되어준 것이다. 말하자면 공광규의 마음과 발길이 운명적으로 고대사의 젖줄을 찾아간 과정을 담은 것이다. 그러니 '책의 운명'은 '시인의 운명'이지 않겠는가.

　권민경의 시편에는 거시적 운명보다는 일상의 문양
이 섬세하게 녹아 있다. 가령 「어울림누리 수영장」에
는 수영장 초급반인 화자가 나오는데, 그는 다른 이들
에게 따라잡히고 뒤처지는 과정을 경험하면서 자신
이 원래 가졌던 둥둥 떠다니거나 온몸에 힘을 빼고 살
고 싶던 꿈을 떠올린다. 물 먹는 걸 두려워 말아야 수
영을 잘 배울 수 있을 텐데 그는 그러지 못하고 "삶
은 왜 그럴까"라는 의문을 줄곧 가진다. 그리고 '나'와
'남'이 흘린 땀은 물속으로 사라져 보이지 않는데, 바
로 그 '보이지 않는' 것들이야말로 물방울 속에 섞이면
서 시인으로 하여금 "작은 것 하나하나에 슬픔을 느끼
는 병"을 가지게끔 한다. 그렇게 권민경의 시선에서 세
상은, 가시적인 세계에서 재빨리 움직이는 '두려움 없
는 사람들'과 한없이 뒤처지면서도 '보이지 않는' 무한
(성)을 상상하면서 '두려움을 사는 사람들'로 자연스
럽게 나뉘게 된다.

　김상혁의 「얼굴이 온다」에는 수많은 얼굴들이 떠오

른다. 가령 "당신의 얼굴"과 "나의 얼굴"은 탁자와 책장을 배경으로 하여 가라앉거나 떨어지면서 서로 잠이 들 때까지 한없이 가까워진다. 그 순간에 흐릿한 "당신의 얼굴"은 천천히 멀어져간다. 마음이 아니라 시간의 탓이다. 이처럼 "시간의 무거운 바닥"과 "길고 길어진 표정"이 결합하면서 엮어낸 "얼굴을 벗어나기 전까지"의 시간 속에서만 '나'는 아름다운 얼굴이라도 오래 쳐다보기 어렵다는 것을 깨닫는다. 마음이 아니라 시간의 작용으로 멀어지고 사라져가는 '나'와 '당신'의 얼굴은 그 점에서 우리 삶이 가지는 소멸 과정의 자연스러운 은유로 귀일한다. 그렇게 얼굴은 다가오고 시간은 사라져간다. 이러한 '얼굴' 형상에서 누군가는 회귀적 나르시시즘을 떠올릴 수도 있겠지만 우리로서는 시인의 역동적 에너지에 담긴 성찰적 의지라고 읽을 수 있을 것이다.

김안의 「喫茶去」는 오랜만에 만나보는 한자 제목의 시편이다. '喫茶去'는 중국 당나라 때 선승이었던 조주 선사의 선문답에서 유래한 말로서 '차나 한 잔 마시고 가게'라는 뜻을 품고 있다. 시인은 이 삽화를 은은한

배경으로 삼으면서 "이른 겨울"을 감싸고 있는 소리와 언어를 불러온다. 그 사이로 조금 부족한 햇빛과 투명하게 얼어붙은 숲과 마을, 그리고 하늘의 새소리가 다가온다. 이제 시인은 "혼자 서 있는 것들"과 "돌아오지 못하는 것들"을 돌아보지 않는다. 죽은 것들 사이로 끝없이 지연된 사랑을 고백하면서, 온종일 차를 우리면서 나누었던 "둥근 모음들"을 일구어가는 시인의 모습이 차분하고 따뜻할 뿐이다. 그리고 몸과 마음에서 회색 연기를 뿜으며 번져가는 기운이 투명한 결빙의 시절을 녹여주는데, 이처럼 김안은 '차'라는 상관물을 통해 '겨울'이라는 시간을 관통하며 가장 예술적인 무늬를 남긴다.

김이듬의 「이 세상에 없는 것」은 눈에 보이지 않는 간절한 시간의 성층이 오랜 기억의 힘에 의해 새겨지는 순간을 노래한 김이듬 버전의 존재론적 명편이다. 시계에 약 넣으려고 길모퉁이 시계 가게에 가자 주인은 식사를 하다 말고 "낡은 작업대"에서 시계를 정성스럽게 들여다본다. 주인은 시계 배터리가 이제는 구할 수 없는 구형이어서 새로 사는 게 낫겠다고 하는데,

아닌 게 아니라 화자는 이미 여러 수리점을 거친 터였다. 고모에게 물려받은 오래된 '오메가' 시계는 이제 그 '오메가'의 어원(語源)처럼 '종말'을 맞은 것이다. 사람들이 무언가를 끊임없이 거래하는 순간에도 화자는 '약'이든 '알 혹은 배터리'든 사라져버린 어떤 한 세상을 손바닥 위에 놓고 하염없이 바라보고 있다. 그렇게 "이 세상에 여지없는 것들"을 찾아 떠돌다가 소멸의 필연성 앞에 멈춰 서는 것이 '시인'으로서의 운명이 아닐까 생각해본다.

김철의 「노동」을 뜻깊게 읽었다. 진흙길에서 발견된 "이상한 수레바퀴 자국" 주변에는 "폐기된 휴식"과 "끊어진 근로들"과 어떤 그을음이 가득했다. 그런데 끊어진 자국과 이어진 자국을 남긴 수레는 정작 어디로 갔을까? 그 자국에는 '고단함'과 '생계'의 깊이가 담겨 있었는데, 시인은 이처럼 노동의 자국을 들여다보는 깊은 시선을 근원적으로 보여준다. 그리고 그는 "수레바퀴를 고치는 일엔/ 곤욕과 갈등만 존재"하기 때문에 바퀴 자국을 진흙길에 묻어두고 수레를 더이상 찾지 않기로 한다. 이 우화적(寓話的) 상황 설정과 해석을 통해 우리는 '노동'이라는 낡은 자국(흔적)이 인간 존재의 보편성과 삶의 가장 구체적인 리듬을 관통하는 키워드임을 다시 한번 깨닫는다. 자기 자신을 가능케 해준 노동의 과정과 그 시간을 함께한 타자들의 흔적을 불러 모아 시인은 원초적인 형식으로서의 삶을 복원한 것이다.

서춘희의 「기도」는 절절한 자기 투영과 호소의 과정을 담은 실존적 고백의 장(場)이다. 소멸과 강탈의 예감 속에 놓인 '당신'은 오늘의 추억이 될 수 없는 "거울에 두 개의 상으로 비치는 한 사람"에 대해 깊이 생각하게 한다. 팔을 뻗어 무언가를 멈추려 할 때에도 '당신'의 얼굴에는 금이 간다. 이때 '나'는 모든 것이 점령된 '당신'의 삶을 지시하면서, "말의 힘"을 알지는 못하지만 진실한 기도를 통해 '당신'에게 힘을 부여하는 존재로 거듭나게 된다. 시인의 기도가 가닿는 것은 초월적 신성(神聖)이 아니라 그 스스로 열어가는 마음의 자리였던 셈이다. 이처럼 서춘희는 자신만의 고유한 기억 속에서 농울치는 빛나는 순간을 개성적 발화 형식으로 고백하는 시인이다. 이는 단순한 자기 표명을 넘어 서정시를 통해 자신의 삶을 회상하고 재구성하면서 새로운 지표를 암시하려는 실존적 의지와 관련되는 것일 터이다.

유종인의 「만년필」은 글쓰기 과정의 은유를 통한 '시인론'으로 첨예하게 읽힌다. 글쓰기란 잉크가 다 닳았을 때, 잉크병도 바닥일 때, 생활이란 빈 펜촉을 들어 필사의 부리로 무언가를 적어가는 일일 것이다. 오랜 글쓰기 노동의 결과인 '펜촉'은 "묵언의 둥지"와 "절간 종무소"를 넘어 "이끼의 숨결"을 지나 아예 "마라도와 가파도 사이 파도 소리"로 날아가고 있다. 그러니 마음이 잉크를 대신하는 순간이 와서 변방과 변두리의 '진국들'을 발견하는 과정이야말로 글쓰기의 순간이 아닐 것인가. 그렇게 "만년은 훌쩍 넘겨/ 쓸 수 있는 영혼의 잉크"로 시인은 "죽음으로도 그 사랑의 필기감은 버릴 수 없다는 생각"을 한다. 그러니 그 마음과 영혼의 잉크는 곧 시인의 심장이기도 할 것이다. 이러한 감각과 사유의 선명한 부조(浮彫) 과정은 우리로 하여금 가장 근원적이고 궁극적인 글쓰기의 자의식을 느끼게끔 해주고 있다.

이병철의 「사물함」은 '비어 있음'과 '채움'의 변증법
을 담았다. '너'의 자리가 비어 있으면 '나'는 저녁을
채우고, "말없는 상자" 안에는 더없이 따스한 저녁을
집어넣을 것이기 때문이다. 그림자가 지워질 때까지
기다림은 멈추지 않고 "너를 오래 기다린 사물함"은
한번 가면 돌아오지 않는 세상처럼 '너'를 상상적으로
데려다줄 것이다. 그렇게 '사물함'은 '너'의 항구적 '비
어 있음'으로 나타나고, '나'는 그 안으로 들어가 '너'
라는 주인이 부르는 이름을 떠올리면서 "함께 벚꽃이
예쁜 학교"로 돌아갈 것이다. 이때 시인이 노래하는 가
장 멀고 아득한 기다림은 어떤 정점의 순간이 끝나기
까지의 가깝고도 아늑한 기억의 자리였던 셈이다. 결
국 그의 시는 '너'라는 타자를 갈망하면서도 궁극적 자
기 귀환의 과정으로 착상되고 표현되어간다. 서정시가
견지하는 이러한 고백과 귀환의 미적 속성은 이병철에
게서 단연 우뚝하다.

전영관의 「피아노 조율사」는 그 자체로 '시인'의 은
유적 동일성을 노래하고 있다. 그 조율의 핵심은 "차

별이라는 높낮이"와 "순서에 상처받은 사람"이다. 물론 그 과정에서 이전 것들이 사라지고 아픈 사랑이 지워지기도 한다. 가령 그것은 "어긋남을 알아야 조율할 수 있는 것"을 배워가는 과정이기도 한데, "이탈하는 음을/ 데려와 제자리에 앉히는 사람"이야말로 그러한 과정을 실천하는 시인의 초상일 것이다. "조화보다 규격을 믿는 세상"에서 그의 존재는 단연 빛난다. "차별받고 억울하고 울렁거리는/ 생을 조율"하는 삶의 목표는 우리가 근원에서부터 망각하고 살아온 어떤 순간의 광휘를 서늘하게 선사해준다. 물론 이러한 감각으로만 그의 시를 설명할 수 있는 것은 아니다. 전영관은 다양하고도 오랜 언어적 갈래를 통해 낱낱 사물이 품은 내적 심도를 차분하고도 정성스럽게 관찰하고 노래하는 시인이기 때문이다.

정민식의 「어린 나의 외국어」는 '모국어'를 넘어서는 '외국어'의 실감을 노래한 시편이다. 어쩌면 '어린 외국어'가 가장 아름다운 언어가 될 수 있을 것이 아닌가. 시인은 "하고 싶은 말"보다는 "할 수 있는 말"을 하겠노라고 하면서 "언제나 들리는 만큼의 당신"을

"울음이 마지막까지// 버리지 않은 언어"를 통해 사랑하고자 한다. 그렇게 "사랑은 다시는 까먹지 않을 단어"가 되었고 "나의 어린 외국어"는 "기억의 전부가 당신"임을 차차 입증해간다. 시인은 "우리가 흘린/ 국경을 주워" 담으면서, 언어를 통해, 언어를 넘어서는 사랑의 도약을 노래한다. 그의 언어는 이처럼 언어적 자의식을 통해 자신의 삶을 탐색하고 타자를 향해 나아가는 길목에서 아름답고 살가운 빛을 뿌리고 있다. 이때 시인의 창의적인 예술적 에너지는 새롭고 아름다운 존재론적 거처를 상상하게 하면서 타자를 향한 사랑을 더 강하게 만들어준다.

한연희의 「나타샤 말고」는 당연히 백석의 명편 「나와 나타샤와 흰 당나귀」를 배경으로 하고 있다. 라면을 끓이면서 스트레스를 날려버릴 생각에 들뜬 '나'는 냄비 아래에 작은 책에서 비집고 나온 "나의 나타샤"라는 귀신을 만난다. 백석 시편의 나타샤와는 전혀 달리 "나의 나타샤"는 "머리카락에 쌓이는 흰 눈"과 "불어가는 흰 면발"의 부조화 속에서 조곤조곤 노래 부르듯 이야기한다. 그러한 시인의 "상징적인 힘"이자 "전복의 사유"인 나타샤로 인해 '나'의 밤은 지루하지 않게 "시에 대해서 생각하는 밤"이 되어간다. 시인은 현실 과 몽상의 교차 속에서 사라진 "나타샤 대신" 읽다 만 "뜻 모를 책"을 집어 드는데, 그러한 판타지 안에서 그 려내는 '나'와 '나타샤'의 결속과 이완 과정이 시인으 로서의 존재론을 은유한다. 그만큼 이 작품은 진중한 삶의 기록이자 새로운 기억을 향한 존재론적 표지(標識)로 다가오는 것이다.

시조로는 유일하게 실린 조성국의 「딱새」는 월동지 를 찾아다니다가 추위만 남겨놓은 채 사라져버린 새 한 마리에 대한 관찰기인데, 그 '딱새'의 형상은 한 시 대의 가난과 서러움의 초상으로 몸을 바꾼다. 가방 대 신 "구두약과 구둣솔 든 나무통"을 메고 떠돌던 새는 겨울날 한복판 폭설 내리는 날에는 조그만 양지에 달 라붙어 빵을 쪼아 먹었다. 마침내 아버지가 마당에 가 방과 교복과 책을 던져놓고 불을 질렀을 때, 서울 가는 기차의 뒷모습을 서러움으로 바라보던 추위와 배고픔 의 새는 아직도 귀가하고 있지 않다. 이처럼 조성국의 상상력은 기억의 투명함과 진정성 그리고 타자를 향한 섬세한 관찰과 사랑을 수원(水源)에 깔고 있다. 지나간 시간 속에 우리가 잃어버린 꿈이 다시 생성되어가는 상상적 과정도 침착하게 각인해간다. 서정의 원형이랄 수 있는 기억의 원리에 의해 존재론적 동일성을 탐구해간 것이다.

*

우리가 지금까지 읽어온 발화들은 근본적으로 독백적인 성격을 가지고 있지만, 자신이 살아온 시간을 회감(回感)하고 나아가 그 시간을 함께하는 타자들을 적극 끌어들이고 있기도 하다. 그 시간이 남긴 자국(흔적, 문양)이야말로 시인들의 삶의 형식이고 서정시가 보여줄 수 있는 가장 중요한 내질(內質)이 될 것이다. 그 점에서 이들의 시는 시인 자신의 기억에 기초한 시간예술이자, 생성과 소멸의 반복을 통해 근원적 질서를 기록하는 존재론이기도 하다. 그렇게 이들의 시는 이성적 미감과 순간의 섬광(閃光)을 동시에 표현함으로써, 결정적 미학의 발화이자 기억의 현상학을 섬세하게 구성해간다. 그 순간성의 신비에 적극 동참하면서 우리도 특권을 부여받은 순간의 착란을 경험하게 된다. 오랜 기억을 선연하게 현전하면서 동시에 구체적 감각으로 이러한 과정을 인화해낸 이들의 적공(積功)은 확연한 미학적 성취로 다가올 것이다. 아스라한 기억에 의해 촉발되지만 그것이 깊은 성찰에 의해 새삼스러운 형상과 논리를 얻어가는 과정을 우리가 눈여겨보는 까닭도 바로 여기에 있을 것이다. 오랜 기억의 적층을 투과해온 섬광의 순간들을 선명하게 바라보면서 말이다.

오늘의 시인 13인 앤솔러지 시집

몇 세기가 지나도 싱싱했다

초판 1쇄 인쇄 2022년 12월 13일
초판 1쇄 발행 2022년 12월 23일

지은이 공광규 권민경 김상혁 김안 김이듬 김철 서춘희
　　　유종인 이병철 전영관 정민식 한연희 조성국

편집 강건모 이희연 정소리 | 디자인 윤종윤 이주영
마케팅 배희주 김선진 | 저작권 박지영 형소진 이영은 김하림
브랜딩 함유지 함근아 김희숙 고보미 박민재 박진희 정승민
제작 강신은 김동욱 임현식 | 제작처 영신사

펴낸곳 (주)교유당 | 펴낸이 신정민
출판등록 2019년 5월 24일 제406-2019-000052호

주소 10881 경기도 파주시 회동길 210
문의전화 031-955-8891(마케팅) 031-955-2692(편집) 031-955-8855(팩스)
전자우편 gyoyudang@munhak.com

인스타그램 @gyoyu_books 트위터 @gyoyu_books 페이스북 @gyoyubooks

ISBN 979-11-92247-74-8 03810

이 책은 경기도, 경기문화재단의 지원을 받아 발간되었습니다.